KB072942

눈으로 보는
광고천재

눈으로 보는 광고천재 7

킹묵 현대 판타지 소설

초판 1쇄 찍은 날 § 2021년 4월 26일
초판 1쇄 펴낸 날 § 2021년 5월 3일

지은이 § 킹묵
펴낸이 § 서경석

총괄팀장 § 노종아
편집책임 § 박현성
디자인 § 스튜디오 이너스

펴낸곳 § 도서출판 청어람
등록번호 § 제387-1999-000006호
등록일자 § 1999. 5. 31
어람번호 § 제1-3134호

주소 § 경기도 부천시 부일로 483번길 40 서경B/D 3F (우) 14640
전화 § 032-656-4452 팩스 § 032-656-4453
http://www.chungeoram.com
E-mail § chungeorambook@daum.net

ISBN 979-11-04-92341-8 04810
ISBN 979-11-04-92281-7 (세트)

킹묵 현대 판타지 소설

도서출판 청어람

눈으로 보는 광고천재 7

ODERN FANTASTIC STORY

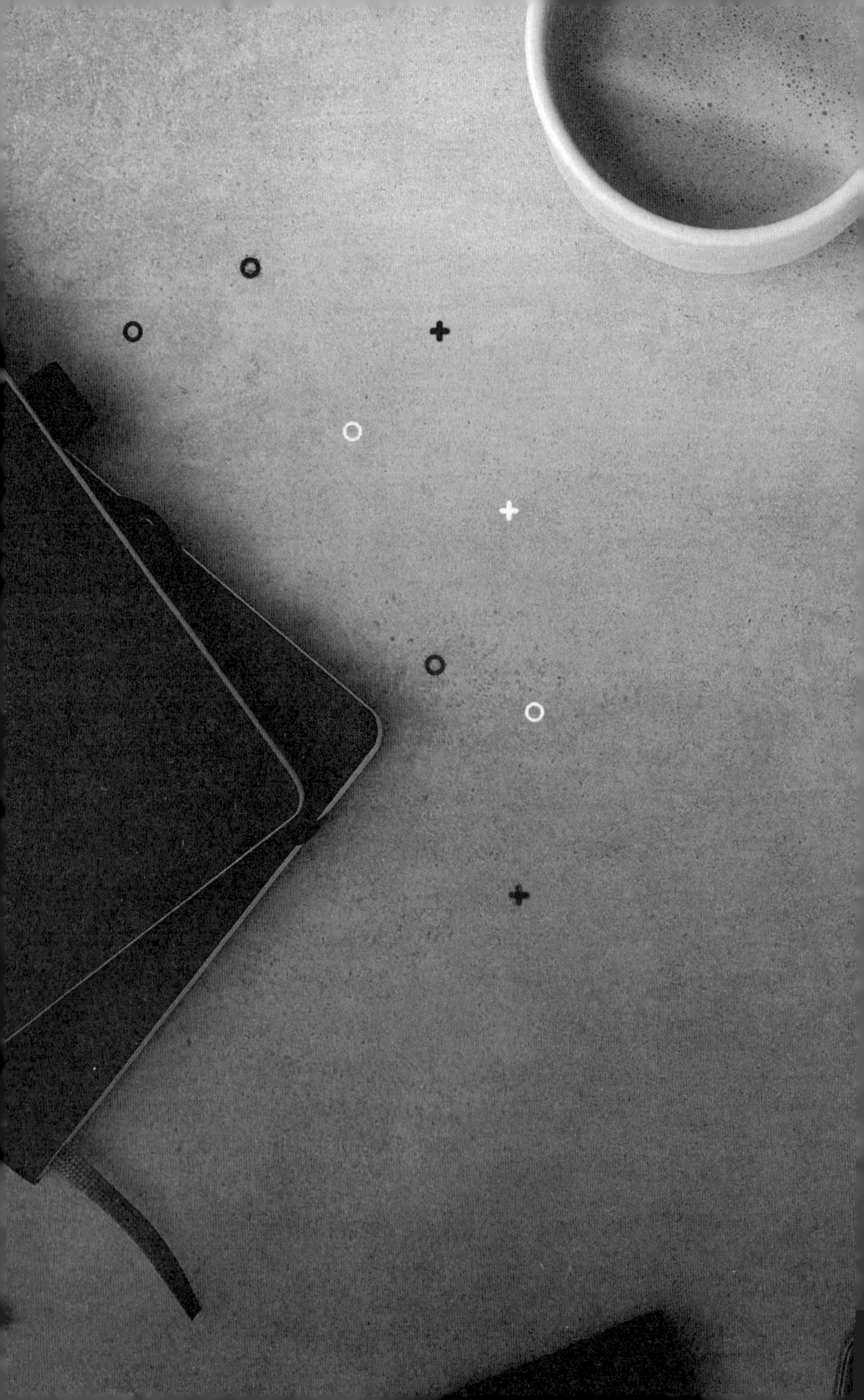

목차

제1장

두립 DIO II

인터뷰 준비를 미리 한 덕분에 특별히 어려운 질문이나 난감한 질문은 없었다. 취재가 아니라 근황에 대해서 알리려는 목적이다 보니 당연한 것이었다. 그래서인지 기자도 마치 대화를 하는 듯 편안하게 질문을 했다.

"그래서 분마가 태어났군요?"

"네, 지금 분마를 처음 만들어준 친구가 웹툰을 준비 중이에요. 기대하고 있어요."

"그럼 대만 다음으로 예정된 곳은 어디인가요?"

"그건 아직까지 확답을 드릴 순 없어요."

"그렇죠? 분마는 어디로 튈지 모르니까! 그런데 지금 나오고 있는 음주 운전 예방 광고를 보면 공익광고 제작에 대한 내공이 상당해 보이거든요. 사람들의 반응도 엄청나고요. 혹시 또 다른 공익광고도 있나요?"

"네, 다른 공익광고도 있어요. 산불 조심 공익광고인데 라디오로만 광고가 나갔어요. 남녀가 대화하는 것처럼 진행되는 광고예요."

"아! 그 웃긴 광고! 차에서 몇 번 들은 적 있어요."

자신들이 만든 광고에 대한 얘기에 팀원들은 만족스러워했다. 그 뒤로도 기자와의 인터뷰는 계속되었다. 기자도 C AD의 전문가로 등록이 되어 있어서인지 호의적이었다. 덕분에 한겸 역시 편안하게 대화를 나눴다.

"그런데 회사 규모가 예상했던 것보다 훨씬 작네요. 최근 가장 핫한 광고 회사라고 믿을 수 없을 정도로요."

"그렇죠. 그래서 저희도 인원을 더 채용해야 하는지 아니면 내실을 다져야 하는지 그 부분에 대해서 회의를 많이 해요."

"결론은요?"

"C AD가 생긴 지 얼마 안 돼서 내실을 다져야 한다고 의견을 모았어요. 그래서 당분간은 지금 맡고 있는 일에만 신경을 쓰기로 했어요."

인터뷰를 요청한 가장 큰 이유에 대한 내용이었기에 한겸은 말 한마디 한마디를 신경 써서 골랐다.

"어휴, 그러기가 쉽지 않을 텐데요. 지금 C AD가 성공시킨 광고만 해도 엄청 많잖아요. 포스터는 말할 것도 없죠. 포스터 제작에 대해서는 백이면 백, C AD에 의뢰하라는 말이 있을 정도인데요. 그리고 분마, 마리아톡, 박순정 김치 등 손만 대면 성공을 하는데 다른 기업들의 의뢰를 맡지 않겠다는 건가요?"

"저희가 이번에 맡은 일이 규모가 커서요."

"어떤 일인지 말씀해 주실 수 있는 거예요? 곤란하면 대답하지 않으셔도 돼요."

"전혀 곤란하지 않아요. HT가 이번에 대만에 진출하잖아요. 저희가 그 광고를 맡게 됐거든요."

"어! 대박! 이거 기사로 내보내도 되는 내용이죠?"

"네, 괜찮아요. 그래서 지금 저희가 다른 곳에 힘쓸 여력이 없어요. 그래서 최근에 참여한 광고 입찰들도 모두 포기를 하기로 했거든요."

"대단한데요? 이러니까 다들 C AD에 광고를 맡기고 싶어 하는 거군요."

"저희를 믿고 맡겨주신 건데 최선을 다해야죠."

"어떤 내용인지 조금만 얘기해 주실 수 있나요?"

"그건 아직 기획 단계 중이라서요."

대화를 듣던 팀원들은 천연덕스럽게 대답하는 한결을 보며 애써 표정 관리를 했다. 한결도 스스로 무척 민망한 상태였다. 그렇지만 할 말은 해야 했기에 민망함을 숨기고 입을 열었다.

"기획이 잘 나오고 있으니 기대를 하셔도 될 것 같습니다."
"오! 그런가요? 와, 이거 근황 인터뷰하러 왔다가 뜻밖의 수확을 얻었는데요? 이거 정말 기사로 내보내도 되는 거죠?"
"네, 당연하죠. HT에도 인터뷰 중에 이런 내용이 나올 수 있을 것 같다고 미리 말해뒀어요."
"어우, 기사 제목으로 쓸 게 곧바로 떠오르네요. '광고업계의 신성 C AD, 분마에 이어 HT로' 어때요?"

한겸은 웃으며 고개를 끄덕거렸다. 지금은 저렇게 말을 하고 있지만, 잠시 뒤에는 지금 말한 기사 제목은 생각도 안 날 것이었다. 그 뒤로도 한참이나 대화를 나누고 나서야 사진 촬영 및 인터뷰가 끝이 났고, 기자는 볼일이 끝났다는 듯 곧바로 인사를 건넸다.

"그럼 기사 내보내기 전에 간략하게 먼저 알려 드릴게요."
"잠시만 기다려 주실 수 있을까요?"
"네? 무슨 하실 말이라도 있으세요?"
"말씀을 미리 드릴까 했는데 그러면 인터뷰 내용이 전부 그쪽에 쏠릴 거 같아서요."

한겸의 말을 들은 기자의 눈빛이 반짝였다. 그저 근황에 대한 기사를 작성할 생각으로 방문했는데 HT와 함께한다는 좋은 기사 내용을 얻었다. 그런데 아직 더 중요한 것이 남아 있다는 한겸의 말투에 자신도 모르게 펜까지 꺼내 들었다.

"어떤 내용인지 알 수 있을까요?"

"음주 운전 예방 광고에 대한 내용이에요."

"그거요? 어? 비하인드라도 있는 건가요? 그런 거라면 감사하죠."

"비하인드라기보다는 광고 내용이 담긴 사연이라고 생각하시면 될 거 같아요. 사실 그 광고가 상당히 함축되어 있는 상태거든요."

"실제 얘기이다, 아니다, 연기자일 뿐이다, 그런 얘기가 있는데. 실제 얘기인가요?"

"네, 실제 얘기고요. 해당 광고의 모델이 아닌 다른 분들을 모셨어요."

"다른 분이요? 저한테 정보를 주는 게 아니고, C AD에서 직접이요? 저야 훨씬 편하긴 한데. 그럼 모델분 가족인가요?"

"아니요. 피해자 가족분이세요."

한겸은 덤덤하게 말을 했다. 하지만 그 말을 들은 기자는 멍한 표정이었다. 자신의 상식선에서는 도저히 이해가 되지 않았다.

"피해자 가족이라고 하신 거 맞죠……?"

"네, 맞아요. 부부신데 나이가 많으세요. 이제 곧 오실 때 됐거든요."

기자의 머릿속에서는 여러 가지 생각이 교차되었다. 홍보에 눈이 멀어 피해자 가족까지 이용하려는 건가 하는 생각도 들었고, 아니면 광고에 무슨 문제가 있어 양심선언을 하기 위해서인가 하는 생각도 들었다. 그때, 기획 팀 문이 열리며 우범이 들어왔다.

"두 분 도착하셨다."
"어때 보이세요?"
"조금 긴장하신 거 같긴 한데 괜찮아 보인다. 인터뷰는?"
"이제 막 끝났어요."
"그럼 10분 정도 있다가 내려와라. 이 기자님, 그 정도면 질문 준비하시는 시간으로 괜찮으실까요? 연세가 있으셔서 너무 자극적인 내용은 피해주셨으면 합니다."

그제야 기자는 정신을 차리고 서둘러 어떤 질문을 해야 하는지 생각했다. 그 모습을 본 한겸은 미소를 지으며 말했다.

"어떻게 용서를 하게 됐는지 그 질문 하나면 되지 않을까요?"
"네? 아! 그래서 오신 거군요? 용서라……."

기자는 취재를 한다기보다 어떤 사연을 듣게 될지 궁금한 표정으로 자리에서 일어났다.

"어떤 질문도 생각이 안 나네요. 우선 들어보는 게 맞는 것 같으니까 내려가죠!"

*　　　　*　　　　*

며칠 뒤, TX기획의 최 이사는 소비자들의 관심사를 파악하기 위해 핫한 뉴스들을 보던 중이었다. 대중들 전부를 잠재적 소비자로 봐야 했기에 그들이 원하는 것을 광고에 녹이는 게 자신이 할 일이었다. 그러던 중 별로 반갑지 않은 기사가 보였다.

"음, 이 로고는 정말 괜찮단 말이야. 작은 것들이 모여 큰 것을 이룬다. 티끌 모아 태산? 아쉽군."

기사 앞부분에 떡하니 C AD의 로고가 있었기에 눈에 들어올 수밖에 없었다. 최 이사는 자신들이 먼저 만들었으면 하는 생각에 아쉬워하고는 스크롤을 내렸다.

"음주 운전 예방 광고의 숨은 이야기라. 그 광고 하나로 기사까지 나오는군."

기사를 보던 중 인터뷰를 한 사람이 음주 운전 피해자라는 걸 보고선 헛웃음을 뱉었다. 그러고는 자신도 모르게 집중해서 기사를 읽기 시작했다.

「힘들었죠. 힘들다마다요. 하나밖에 없는 자식이 그렇게 갔는데 안 힘든 부모가 있겠습니까. 그래서 우리도 그만 살까도 생각했습니다.」

최 이사도 음주 운전 예방 광고를 봤다. 본 것뿐만이 아니라 TX기획 팀이 모여 분석했고, 성공 요인까지 논의했다. 감정이 메말라 가는 사회에 던진 진실성. 그 진실성으로 메마른 가슴에 물을 채웠다는 결론을 냈다. 그로 인해 TX기획에서도 언제든지 저런 기획을 낼 수 있게 준비를 하고 있었다. 그러다 보니 기사 내용에 집중하게 되었다.

「그 사람은 잘못한 게 없지만 어디에라도 우리의 억울함을 풀어야 했어요. 그래서 모질게 대했죠. 그런데도 하루가 멀다 하고 찾아오더군요. 그게 1년, 2년이 아닌 20년이었어요.」

「그랬지요. 아무 죄 없는 사람인데… 시간이 지날수록 우리도 이래선 안 된다고 생각했어요. 그런데 그만두질 못했죠. 그 사람한테라도 뭐라고 하지 않으면 우리 아들이 이대로 잊힐 거 같았거든요.」

최 이사는 동감한다는 듯 고개까지 끄덕거렸다. 기사 내용은 광고 모델이 실제 인물이라는 말과 함께 20년을 어떻게 살았는지, 어떻게 용서를 받았는지에 대한 내용이 담겨 있었다.

「그 사람이 도대체 왜 그렇게까지 하는 건지 생각을 하게 되더군요.」

「우리는… 사고를 낸 남편의 죄를 대신 용서받으려 한다고 생각했죠. 그거 말고는 이유가 없었어요. 죽은 남편이 조금이라도 편하라고 산 사람이 그 고생을 하는 거였어요.」

「그런데 그게 맞았어요. 우리가 그렇게 모질게 대할 때도 눈물 한 번 안 흘리던 사람이 용서를 했다는 그 말 한마디에 대성통곡을 했어요. 우리도 용서를 한다는 게 힘든 일이었죠. 그런데 그 사람이 스스로 힘들게 사는 걸 보면서 어떻게 용서를 안 해줄 수 있어요. 그 남편은 사실 아직까지 원망스럽지만 그 사람 때문에 용서하기로 했습니다.」

기사를 본 최 이사는 깊이 숨을 들이마셨다. 기사 내용에 자신을 자꾸 이입하게 되었다.

「C AD는 음주 운전 예방 광고에 위 내용을 함축시켜 담기 위해 오랜 시간을 고민했다고 밝혔다. 부디 억울한 피해자가 발생하지 않길 바라는 마음이 담긴 광고. 그 마음을 담아낸 C AD의 노력이 지금 시민들의 반응을 만들어낸 것이다.」

"그래, 잘 만든 건 인정하지."

그때, 본부장실을 노크하는 소리가 들리더니 기획 팀장 한 명이 급하게 들어왔다.

"최 이사님, 기사 보셨습니까?"
"C AD 기사 말하는 건가?"
"네! 어떻게 해야 하는지……."
"뭘 어떻게 하려고? 우리도 저런 광고 만들도록 노력해야지 다른 방법이 있나?"

"네?"

"이미 나온 광고고 반응도 좋으니까 인정할 건 인정해야지. 사람이 인정을 안 하면 발전이 없는 법이야."

최 이사는 못마땅한 듯 혀를 한 번 차고는 입을 열었다.

"그리고 우리로서도 괜찮은 일이지. 이런 회사와 경쟁해서 승리했다고 알려지면 확실히 도움이 되겠군."

"저기… 기사 아직 다 못 보신 거 같습니다. C AD에서 DIO 광고 입찰에 참여 안 하겠다고 밝혔습니다."

"뭐? 그게 무슨 말이야. 총예산이 3조가 넘는데 그걸 포기한다고?"

최 이사는 믿을 수 없다는 표정으로 팀장을 쳐다봤다. 아무리 C AD의 규모가 작다고 하더라도 포기할 만한 금액이 아니었다.

"말해봐. 있는 자금 없는 자금 다 털어서 광고 따 오려고 해도 모자랄 판에 그게 말이 돼?"

"저도… 잘 모릅니다. 원래는 그렇게 하다가 광고 못 따 와서 망해야 되는 게 수순인데……."

"그게 어떤 기사에 있어?!"

"그 음주 운전 예방 광고 기사 밑에 있습니다."

최 이사는 직접 기사를 확인하기 위해 다시 모니터를 쳐다봤다. 스크롤을 밑으로 조금 내리자 팀장이 말하던 내용이 있었다.

"뭐? HT에 집중하기 위해 모든 입찰 광고를 포기해?"
"그 때문에 사람들이 HT에 관심을 보이고 있습니다……."
"내가 그걸 듣고 싶어서 말한 거 같아?"
"죄송합니다."

최 이사의 미간이 심하게 찡그려졌다. 자신도 집중하며 기사를 봤으니 다른 사람들 역시 비슷할 것이었다. 게다가 앞부분에 작성된 기사 덕분에 C AD의 이미지가 좋게 형성된 상태였다. 그 때, DIO의 광고업체 선정 책임자에게 전화가 걸려왔다.

—최 이사님! 이게 뭡니까! 지금 OT에 참여했던 회사들이 전부 포기했다고요!
"네?"
—기사 보세요! 기사! 지금 전부 자기네들 하던 일에 힘쓰겠다고 그런 기사 나오잖아요!

최 이사는 영문 모를 소리에 고개를 갸웃거렸다.

제2장

BGM

사무실에서 기사를 보던 한겸은 만족한 미소를 지었다. C AD에 대한 기사도 만족스러웠지만, 노부부의 인터뷰 내용이 무척 만족스러웠다.

“휴, 어르신들 진짜 인터뷰 잘하셨다.”

“너도 그렇게 느끼지? 막 사람 많으면 부끄럽다고 겸쓰 너도 쫓겨났잖아. 나는 그래서 잘하실까 걱정했는데 진짜 잘하셨네.”

“응. 자신들이 얼마나 힘들고 억울한 삶을 살았는지 느끼게 해주면서 윤 프로님까지 힘든 삶을 살았다는 걸 말해주셨네. 이 기사 보면 음주 운전은 안 하고 싶을 거 같네.”

“이 기자, 그 형님이 진짜 잘 써주셨어.”

"언제 또 형님이 됐어?"

"그냥 형님이라고 부르는 거지. 너는 뭘 그렇게 팍팍하게 살아. 아무튼 우리 C AD 포장도 엄청 잘해줬잖아."

한겸은 피식 웃었다. 범찬의 말대로 노부부의 인터뷰 다음 C AD에 대한 소식을 연결시켜, 자연스럽게 C AD에서 만든 광고라는 걸 연상시키도록 배치했다. 덕분에 광고에서 드러나는 이미지를 C AD가 고스란히 가져올 수 있었다. 게다가 그 뒤에 분트를 언급함으로써 우연히 성공한 회사가 아니라 능력 있는 회사라는 점을 어필했다. 그리고 마지막으로 HT를 언급했다. HT의 광고를 제작하기 위해 다른 업무를 미뤄뒀다는 말이 자연스럽게 이어졌다. 일반 사람들은 크게 관심이 없는 얘기일 수도 있지만, 기업은 달랐다. 자신들의 일에 몰두해 주는 광고 회사라면 자신들 광고도 맡기고 싶을 것이었다.

한겸이 만족한 표정으로 미소를 지을 때, 수정이 피식 웃으며 고개를 돌렸다.

"한성에서도 기사 냈어. 열받았는지 아예 대놓고 말했어. DIO 입찰 포기하고 현재 진행하고 있는 에스 오일과 온브래드에 집중한다고."

"한성도 회사가 크니까 가능했겠지. 그럼 남은 곳은 어디야?"

"두 곳 남았는데 분위기상 곧 낼 거 같은데? 그렇게 되면 두립이랑 TX 준비한 기사 못 써서 어떡해. 준비하느라 고생했을 텐데 너무 불쌍하잖아."

"수정이 너… 웃으면서 그러니까 되게 못돼 보인다."

수정은 한겸의 말에도 여전히 같은 표정을 유지하고 있었다. 한겸은 피식 웃고는 입을 열었다.

"아무튼 너희들 덕분에 다른 곳도 참여하게 돼서 잘됐네."

"우리 덕분은 아니지. 황 과장이 알아서 얘기해 줬는데."

종훈도 웃으며 대화에 끼어들었다.

"황 과장 말 듣고 나니까 퍼즐이 딱딱 맞는 게 신기하더라. HT에 가서 왜 그런 자랑을 쳤을까?"

"보통 그런 얘기를 해도 외부로 잘 안 나가니까 그렇겠죠."

"하긴 황 과장이니까 얘기해 줬겠지? 그래도 넌 참 대단한 거 같아. TX가 HT하고 미팅할 때 DIO 얘기 했을 줄은 어떻게 안 거야?"

"저도 몰랐죠. 제가 신도 아니고 그걸 어떻게 알아요. 그냥 저번에 HT 본부장 왔을 때 황 과장님이 했다던 말 듣고 혹시나 싶었던 거예요. 자기네 회사 자랑만 엄청 하다가 갔다고 했는데 최근 TX가 자랑할 만한 게 그렇게 많지 않잖아요."

"그렇지. 그렇다고 옛날 일로 자랑하면 시대에 맞지 않는다고 받아들이니까 예전 일로 자랑할 순 없었을 거고."

"그렇죠. 그래서 혹시나 싶었어요. 지금까지 DIO 성적이 좋지 않다고 해도 DIO를 꾸준히 맡게 된다면 충분히 자랑할 만하잖아요. 그리고 고생은 임 프로님하고 대표님이 하셨죠."

한겸은 임 프로를 생각하며 피식 웃었다. 사무실 직원들과 회의 중 TX가 HT에 저런 얘기를 꺼내지 않았을까 의심이 간다는 얘기를 꺼냈다. 하지만 심증이 있더라도 확인은 불가능했다. 그때, 임 프로가 자신이 확인하겠다고 하더니 저런 결과를 가져왔다.

"그렇지. 임 프로님이 가장 고생했지. 황 과장 만나고 온 다음 날 임 프로님 짜증 엄청 내던데."

"푸하하하."

임 프로가 했던 말이 떠올랐는지 팀원들은 모두 큰 소리로 웃었다.

"졸지에 골초 형 생겼다고. 왜 자기보다 나이가 많은 거냐고 막 그랬잖아."

"술 엄청 먹고 사적으로 형, 동생 하기로 했다잖아. 크크, 안 그랬으면 회의 영상 안 보내줬지."

"그래도 임 프로님도 앙금이 조금 풀리긴 했나 봐. 담배를 죽어라 피워서 그렇지 사람 자체가 나쁜 사람은 아니라고 그랬잖아."

한겸은 임 프로를 떠올리며 피식 웃었다. HT에서는 임직원들과 외부 기업의 미팅을 영상으로 남겨놓는다고 했다. 그리고 황 과장이 임 프로에게 TX와의 미팅 영상을 보내주었다. 영상에서는 지나가는 것처럼 말을 했지만, 분명히 DIO의 이번 광고도 자신들이 맡을 거라고 얘기하고 있었다.

그 영상을 증거로 우범이 DIO OT에 참여했던 다른 회사들을 찾아갔다. 영상을 본 회사들은 당장 들고일어나려 했지만, 냉정하게 보면 아직 벌어지지 않은 일을 문제 삼기가 쉽지 않았다. 결과가 나온다고 해도 기껏해야 공정거래위원회에 고발을 해 과징금을 물게 하는 정도가 다였다.

만약 다른 곳에서 크게 문제를 삼는다면 C AD 역시 HT와의 관계가 껄끄러워질 수 있는 일이었다. 다행히도 광고 회사들은 고발보다 자신들이 기사를 내 지금 맡고 있는 회사들을 부각시키는 쪽을 선택했다. 한성 같은 경우는 아예 DIO 광고 입찰에 참여했다는 것을 당당히 밝혔고, 자신들의 추구하는 이미지와 맞지 않아 포기하기로 했다는 내용까지 담았다.

한성이 맡고 있는 예스 오일 같은 경우 대부분이 사회적 약자에게 도움을 주는 광고들이었기에 이미지가 상당히 좋은 편이었다. 그런 한성에서 자신들이 추구하는 이미지와 다르다는 말을 해서 DIO에게 한 방 먹인 것이었다.

한성뿐만이 아니라 다른 회사들도 비슷한 기사를 냈고, 그런 기사들이 쌓이자 다른 기사들도 나오기 시작했다. 광고업계에 신뢰라는 새바람이 불고 있다는 말과 함께 그 선두에 C AD가 있다는 기사였다.

"겸쓰가 알아챈 덕분에 TX랑 DIO랑 이제 실력으로 승부를 하는 수밖에 없겠네. 어디서 남이 쌓은 걸 이용하려고! 꼼수 대마왕 겸쓰 앞에서 감히!"

"내가 무슨 꼼수 대마왕이야."

"야, 졸병보다는 낫잖아. 꼼수 쫄따구, 이러면 없어 보이지 않아?"

"뭔 자꾸 이상한 소리야. 아무튼 그래도 궁금하다."

"뭐가? TX가 어떻게 나올지?"

"그건 준비한 대로 하겠지. 조금 상황이 달라지긴 했어도 이번 일은 그냥 이슈 메이킹 정도잖아. 차근차근 준비한 게 있겠지. 그리고 그게 궁금하다는 게 아니라, 어떤 광고 준비했을지 궁금하다고."

"안 봐도 개똥으로 만들었겠지. 원래 실력 없는 것들이 이상한 꼼수를 부리는 거거든?"

"어? 너 좀 전에 나더러 꼼수 대마왕이라고 했잖아."

한겸은 어이없다는 듯 헛웃음을 뱉었다. 그러고는 정말 궁금하다는 표정을 지었다. 이번 일로 준비한 기사는 내보내지 못하더라도 그쪽도 분명 준비한 게 있을 것이었다. 얼마나 준비했는지 모르지만, 괜찮은 광고를 만들지 않았을까 하는 생각이 들었다. 한겸이 그런 생각을 하고 있을 때, 갑자기 인터넷을 보던 종훈이 크게 소리쳤다.

"동양 진짜 숟가락 얹기 짱이다!"
"왜요?"
"동양에서도 기사 올렸어!"

동양기획이 끼어들 이유가 전혀 없었기에 한겸은 의아하다는 표정을 지으며 종훈의 옆으로 다가갔다. 그리고 기사를 본 한겸은 헛웃음을 뱉었다.

"난 동양기획 좋게 봤는데 얘네도 양아치였네. 안 그래? 겸쓰네가 그랬잖아. 정 마에인가 뭐시기인가 보고 양심적인 회사 같다고."
"양아치라고 하기는 그렇고, 이거까지도 이용한다는 게 대단하네."

동양기획이 내보낸 기사에는 다른 광고 회사들의 기사 내용이 언급되어 있었다.

「동양기획의 AE 한태진 씨는 광고업계에 부는 바람을 보면서 광고업계가 이제야 올바른 방향을 찾은 것 같다며 칭찬의 말을 아끼지 않았다. 동양기획은 설립 당시부터 지금까지 기업과의 신뢰를 최우선으로 삼았다. 다른 광고 회사들이 그것을 이제야 안 것이 안타깝긴 하지만, 그래도 더 늦지 않아 환영한다고 밝혔다. 신뢰라는 외로운 길을 함께 걸을 수 있는 동료가 생긴 기분이라며 광고업계에 부는 새바람을 환영했다.」

"후우, 진짜 완벽하게 당했네."

"뭐 이런 생양아치들이 다 있냐. 이러면 선두에 동양 있고, 우리는 따라가는 걸로밖에 안 보이잖아."

"이건 어떻게 할 수가 없네."

"우린 다른 길을 간다고 할 수도 없고! 조금은 다른 길이라고 해볼까? 신뢰에 열정에 실력을 섞은 길이라고?"

한겸은 피식 웃고선 입을 열었다.

"어르신들 기사랑 엮이려고 기사 엄청 내보내고 있을걸?"

"응, 그러네. 한겸이 말대로 같은 내용 기사 엄청 많아."

"그리고 다른 회사들도 좋아할 거야. 이렇게 한 번에 광고업계에 대한 기사가 나오면 자연스럽게 사람들의 관심을 받을 수 있으니까. 물론 동양기획이 가장 큰 걸 얻겠지. 역시 동양이네. 그런 말?"

"역시 동양……."

"역시라는 단어 하나 붙었는데 느낌이 확 달라지지? 저것도 동양이 광고업계 선두니까 할 수 있는 일이야. 그래도 우리 기사랑 엮이면 우리도 덩달아 관심을 받을 거니까 그건 다행이겠네."

팀원들은 여러 가지 감정이 뒤섞인 표정이었다. 그중 종훈이 부럽다는 표정으로 입을 열었다.

“진짜 대단하다. 이건 너도 예상 못 했지? 대표님도 예상 못 하셨겠지?”

“그렇죠. 동양이 이렇게 갑자기 끼어들 줄은 몰랐어요. 이런 곳에서까지 마케팅을 할 수 있다는 게 대단하네요.”

“대단하네. 역시 동양이네. 역시라는 말이 왜 이렇게 부럽냐. 네 말 듣고 나니까 너무 부러워지네.”

“우리도 하면 되죠. 역시 C AD네. C AD가 만든 광고는 역시 좋네! 이런 말 들으면 되잖아요.”

“그렇지?”

한겸이 팀원들의 사기를 끌어올릴 때, 갑자기 사무실 문이 열렸다. 그러자 잔뜩 굳은 표정의 우범이 보였고, 우범의 눈치를 보는 임 프로가 들어왔다.

“박재진 씨와 미팅 이틀 뒤로 잡아놨다. 사전에 확인할 것 빠뜨리지 말고 확인해라.”

오늘도 박재진과의 미팅이 있었기에 우범은 그 말을 하고선 곧바로 나가 버렸다. 한겸은 화가 난 표정으로 나가는 우범을 보며 피식 웃었다. 그러고는 남아 있는 임 프로에게 물었다.

“대표님도 동양기획에서 내보낸 기사 보셨어요?”

“어! 어떻게 아셨어요?”

"분위기가 그러셔서요."

"어휴… 말도 마세요. 오전까지만 해도 분위기 엄청 좋았거든요. 샤인에서도 공익광고 잘 만들어줘서 고맙다는 전화도 받고, HT에서도 막 본부장이 식사하자는 전화까지 받았는데… 동양기사 보시고 표정이 계속 저러세요. 그런데 어떻게 딱 보고 아시는 거예요?"

한겸은 피식 웃었다. 회사에 심각한 문제가 생겼다면 바로 얘기를 했을 것이었다. 그런데 분해 죽겠다는 표정으로 아무런 얘기도 없는 걸 보면 지금으로서는 동양기획의 기사밖에 없다고 생각했다.

"대표님이 화 많이 나셨어요?"

"화를 내신다기보다는 분하다는 느낌이죠. 아까 보셨죠? 저희한테 그런 것도 몰랐냐고 뭐라고 하시면 좋을 텐데 아무런 말씀도 안 하세요. 아주 축제 분위기이던 사무실이 지금은 냉동창고 같습니다. 어휴… 그렇다고 뭐 어떻게 할 방법이 없어요. 아주 동양기획에서 제대로 훔쳐 가 버려서 그냥 옆에 붙어 있는 정도가 다네요."

하소연을 하던 임 프로는 무언가가 떠올랐는지 흠칫 놀라며 입을 열었다.

"아! 죄송합니다. 기획 팀분들이 인터뷰하느라 고생하셨을 텐데 저희가 그런 것도 지키지 못했네요."

"아니에요. 동양이 그렇게 나올 줄 누가 알았겠어요. 그래도 저희 기사하고 맞물려서 계속 노출이 되니까 괜찮아요."

"휴, 다음에는 이런 일까지 생각하겠습니다."

"괜찮대도요. 이번에 HT 광고 잘해서 쫓아가는 게 아니라는 걸 보여주면 되죠. 그래서 박재진 씨하고 미팅도 하는 거잖아요."

한겸이 자신 있다는 표정으로 말하자 임 프로가 감격받았다는 듯 입을 열었다.

"역시 김 프로님이십니다!"

그 말을 들은 범찬이 갑자기 임 프로에게 얼굴을 내밀었다.

"저는요? 저는요!"

"네? 최 프로님이 뭐가요? 아! 고생하셨습니다."

"아니, 그거 말고요!"

"믿습니다? 실력자이십니다? 이것도 아닙니까? 그럼… 잘생기셨습니다?"

범찬이 인상을 팍 쓰자 종훈이 범찬의 귀에 조용히 속삭였다.

"역시라는 말은 진짜 아무나 듣는 게 아니었네."

"아오! 왜 속삭여요! 더 열받아!"

*　　　　*　　　　*

TX기획의 최 이사는 지금 상황을 보며 어이가 없었다. 이름 좀 있다 싶은 광고 회사들이 하나같이 기사를 내보내기 시작했다. 물론 회사 규모에 따라서 노출에 차이가 있었지만, 내용은 전부 비슷했다. 화가 나기보다는 황당함이 먼저 들었다. 최 이사는 서둘러 팀장들을 불러 모았다.

보통 광고 회사들이 편하게 의견을 나눌 수 있도록 직급 호칭이 통일되어 있는 반면, TX는 여전히 직급이 나뉘어 있었다. 그래서인지 최 이사의 부름에 다들 긴장한 상태였다.

"왜 갑자기 이런 기사가 나온 거지? 마치 우리가 기사를 준비하고 있는 걸 알고 있는 것처럼 말이야. 이유는 알아봤어?"

"딱히 이유는 없는 것 같습니다."

"C AD는? 미팅에서 기사로 내보낼 거냐고 물었던 사람 있잖아."

"알아봤습니다. 그런데 특별히 이상한 점은 없었습니다. 가장 현실적이라서요."

"뭐가 현실적인데."

"HT를 하게 되면 다른 곳에 눈 돌릴 여건이 없을 겁니다. 저희가 HT의 광고를 C AD가 한다는 걸 놓친 것이 실수지 이상한 점은 없었습니다."

"다른 회사들은? 왜 갑자기 그런 기사를 내보내는 거야!"

"C AD 반응이 좋다 보니까… 어차피 DIO 입찰이 힘들 거라고 생각한 김에 이미지를 올리기 아닐까요?"

"아닐까요? '아닐까요' 같은 소리 하네!"

"좀 더 알아보겠습니다."

최 이사는 어이가 없다는 표정으로 입을 열었다.

"생각할수록 괘씸하네. OT에 참석을 해놓고 HT에 전념하겠다는 기사를 내보내? 처음부터 거절을 했다면 모를까 이거 완전 언론플레이잖아."

첫걸음으로 준비한 홍보 계획이 물거품이 되었다. 원래대로라면 분마를 제작한 C AD나 감성 광고의 최고봉으로 자리 잡은 한성을 이긴 TX기획이라는 기사가 나와야 했는데, 준비한 것들이 전부 쓸모없어져 버렸다.

"우리가 준비한 카드는 꺼내보지도 못했군."

"저희도 기사를 내보내야 하지 않을까요?"

"동양에서 입장을 먼저 밝혔는데 지금 같은 기사를 내면 따라가는 걸로밖에 더 돼?"

"그래도 분위기라는 게……."

"분위기 휩쓸리지 말라고. 광고 회사에서 기획한다는 사람 입에서 분위기가 나올 말인가?"

최 이사도 임원들에게 어떻게 보고를 해야 할지 난감했다. 그렇다고 지금 이 일에만 매달릴 순 없었다.

"후, 그래도 소속사들하고 대놓고 진행해도 되겠군."
"DIO에서 뭐라고 하지 않을까요?"
"남아 있는 곳이 우리뿐인데 뭘 뭐라고 해? 다시 OT라도 하려고? 그래서 얘기가 된 곳은 어디야."
"네 곳 모두 잘 진행되고 있습니다. 다음 달부터 한 명씩 솔로로 음원을 내게 될 것 같습니다."
"그건 좋네. 확실히 이슈 몰이 할 수 있지?"
"네, 원래도 인기가 많은 그룹이고 그 안에서도 가장 인기가 많은 멤버이다 보니 성공할 확률이 높습니다. KM엔터에서 먼저 퍼펙트 화이트로 진행될 예정입니다."
"화이트는 성공할 수 있고?"
"KM엔터에서 그 기간에는 다른 인기 있는 가수들이 앨범 낼 계획이 없는 것도 확인했습니다."

최 이사는 고개를 끄덕거렸다. DIO에서 4가지 색상의 휴대폰을 내놓았고, TX는 각 색상에 맞춰 인기가 많은 그룹들을 섭외했다. 모델들은 소속사도 달랐고, 그룹도 달랐으며 성별도 달랐다. 남성 두 명에 여성 두 명으로 구성해 놓은 상태였다.
이렇게 진행을 하게 된 이유는 모델들의 이미지도 있었다. 하지만 그보다 더 큰 것은 팬덤을 이용하려는 계획이었다. 인기가 많은 네 그룹의 메인 멤버를 모델로 삼아 서로 경쟁을 부추길 계획이었다. 색상이 네 가지라고는 해도 디자인은 결국 하나였기에, 하나의 색상만 많이 팔린다고 해도 결국은 DIO의 판매량이 오르는 것이었다.

그러기 위해서는 팬덤을 좀 더 굳건하게 만들 필요가 있었기에 한 달 간격으로 네 명의 음원이 나올 예정이었다. 그 시작은 화이트 색상으로, 현재 KM에서 인기를 얻고 있는 US라는 그룹의 멤버가 맡았다. 광고 내용도 화이트는 모든 색을 이길 수 있다는 내용으로 진행될 예정이었다.

최 이사는 그나마 다른 일들이 문제없이 진행된다는 걸 확인하고는 고개를 끄덕거렸다.

*　　　*　　　*

크레파스 녹화를 위해 방송국에 온 박재진은 대기실에 자리했다. 몇 년 동안 같은 대기실을 썼음에도 오늘의 기분은 색달랐다.

"형님, 기분이 어떠십니까?"
"어떻긴 뭘 어때. 그만두는 거지."
"그래도 10년 가까이 해오셨는데 그만두시니까 시원섭섭하시죠?"

박재진은 웃음으로 대답을 대신했다. 오늘이 10년 가까이 진행하던 크레파스의 마지막 촬영이었다. 개편 문제로 그만두는 것은 아니었다. 방송국 측에서는 어떻게라도 붙잡으려 했지만, 박재진이 거절을 했다.

자신의 인기가 많아지다 보니 방송이 자신 위주로 돌아가고 있었다. 스페인을 다녀온 뒤부터 조짐이 보이기는 했다. 분마라는 소문이 돌기 시작하자 방송국도 본격적으로 그것을 이용하고 싶어 했다. 그렇게 조금씩 변했던 것이 지금은 MC인 자신이 마치 게스트라도 되는 듯, 대본들이 자신 위주로 구성되어 있었다.

그동안 크레파스는 숨어 있는 뮤지션이나 실력파 가수들을 소개하는 장이었는데 점점 변해가고 있었다. 그 원인이 자신에게 있었기에 물러나는 게 맞다고 판단한 후 내린 결정이었다. 박재진에게도 즐거웠던 시간이었기에 아쉬움이 남았지만, 후배들을 위해서라면 물러나는 게 맞았다. 박재진은 아쉬움을 감추기 위해 웃음을 지으며 입을 열었다.

"원래 하나를 얻으면 무언가를 포기해야 하는 법이잖아."

"오! 명언 메모."

"뭘 메모야. 됐고, 오늘 출연진은 알아?"

"얘기를 안 해줘요."

"무슨 깜짝 파티를 하려면 티를 내지 말아야지. 이렇게 티를 내면 내가 모를 수가 없잖아."

"알아 올까요?"

"그래, 용진 씨가 좀 알아봐 줘."

용진은 대기실을 나가더니 어렵지 않게 출연진을 알아 왔다.

"뭘 이렇게 빨리 와."
"저 신입 FD가 큐시트 들고 있길래 봤죠."
"보여줘?"
"뒤에서 그냥 보고 왔는데요?"
"잘했네?"
"하하, 몇 년 동안 하시던 일인데 끝까지 잘하셔야죠!"

박재진은 피식 웃고는 용진에게서 메모를 건네받았다. 출연진 중에 혹시나 처음 보는 가수가 있을 수도 있기에, 자연스럽게 알은척을 하기 위해서는 출연진을 미리 알아둬야 했다. 음악을 많이 들으니 웬만한 가수들은 알고 있지만, 혹시 모를 일을 대비해서 준비 중이었다. 그래야 출연진이 무대에 조금 더 편하게 설 수 있을 거라는 자신만의 배려였다.

"전부 크레파스로 뜨거나 많이 출연했던 친구들이네."
"다 형님 때문에 부른 것 같습니다."
"어휴, 끝까지 이래."

박재진은 새로운 가수들이나, 실력은 있는데 무대가 없는 가수들이 출연하기를 원했다. 그래도 자신을 위해 이렇게 출연해

주는 것은 고마웠다. 박재진이 한 명씩 살펴보던 중 고개를 갸웃거렸다.

"천가길은 없네?"

"천국으로 가는 길 밴드 말씀하시는 건가요?"

"어. 제일 많이 나왔잖아."

"걔네 작년에 멤버 두 명이 마약으로 잡혀갔잖아요."

"아! 맞다. 어휴, 뭐 하러 마약을 해. 쯧쯧."

박재진은 진심으로 아쉽다는 표정이었다. 천가길이라는 밴드가 인기는 없었지만, 박재진은 인정하는 밴드였다. 다만 음악 실력이 자신들의 곡이 아닌 편곡에서 나오는 것이 문제였다.

"경용이는?"

"전 형님하고 일한 지 얼마 안 돼서 잘 모르는데요."

"참, 그랬지."

박재진은 피식 웃고선 천가길 멤버 중 한 명을 떠올렸다. 어린 나이임에도 음악에 대한 열정이 대단했지만, 제한적인 실력을 보이는 멤버였다.

"경용이란 사람이 누군데요?"

"천가길에서 드럼 치던 녀석. 음악밖에 몰라. 그냥 오로지 음악만 하는 놈인데 지금 뭐 하려나."

“이 바닥에서 성공했으면 이름을 들어봤을 텐데.”
“그렇지. 그러니까 궁금한 거야.”

박재진은 경용을 떠올리며 씁쓸해했다. 이렇게 사라지는 후배들이 한두 명이 아니었기에 지금 크레파스 무대에 대한 아쉬움도 더 커졌다.

*　　　　*　　　　*

마지막 촬영을 끝낸 박재진은 제작 팀과 출연진들 중 시간이 있는 밴드들과 함께 회식 자리를 가졌다. 사람들이 걱정됐지만, 제작 팀의 배려로 방송국 근처 식당을 통째로 빌렸다. 다들 박재진의 마지막 촬영을 아쉬워하면서도 앞으로의 행보를 응원해 주었다.

한참이 지나 술이 한 잔씩 들어가자 박재진의 마지막 촬영이라는 것을 잊은 듯 서로서로 이야기가 시작되었다. 박재진은 그만 돌아가고 싶었지만, 자신을 위해 마련한 자리였기에 끝까지 남아 있어야 했다. 후배들에게 둘러싸여 근황을 얘기한다거나 음악에 대한 얘기를 나눴다.

“진짜 제 롤 모델이세요. 50대인데도 음원차트 1위 하시는 거 보고 믿어지지가 않더라고요.”
“왜 50대를 강조하냐.”
“부러워서 그러죠. 형님 덕분에 음악만 좋으면 사람들이 알아봐 주는구나. 나이는 문제가 아니구나, 라는 걸 깨달았죠."

"그만 띄워. 술값 낸다니까 계속 그러네. 너희들도 좋은 곡 받아서 앨범 내. 준비는 하고 있어?"

"하고 있죠. 저희가 만든 곡으로도 준비 중이고요. 곡도 받고 있습니다. 형님도 곡 좀 주세요!"

"내 곡 중에 밴드하고 어울리는 거 없어."

지킬 수 없는 약속은 안 하는 편이었기에 박재진은 선을 그었다. 후배 가수들도 익숙한지 웃으며 입을 열었다.

"농담입니다. 여기저기서 받고 있어요. 아! 엄경용이라고 아세요?"

"알지."

"후, 걔는 부탁도 안 했는데 곡을 계속 보내요."

"경용이? 안 그래도 아까 경용이 얘기했는데."

다른 밴드들 중 경용과 친분이 있던 밴드가 급하게 대화에 끼어들었다.

"우리한테도 보내는데! 완전 구린 곡 보내더라고요."

"그래? 경용이가 그 정도는 아닌데. 너희는 경용이랑 친하지 않아? 너희 같은 소속사였잖아."

"친하다고 구린 곡을 쓸 순 없잖아요. 안 그래도 조금 전에도 연락 왔어요."

"그래? 여기 오라고 그러지."

"오면 계속 곡 얘기 할 텐데요?"

"너희랑 있어도 지금 곡 얘기만 하잖아. 시간 있으면 오라고 그래."

"안 그래도 오고 싶어 하긴 했어요. 형님한테 인사드린다고."

"오라고 그래."

크레파스를 더 이상 하지 않으니 이렇게 후배들과 함께하는 자리가 언제 또 있을지 기약할 수 없었다. 생각난 김에 얼굴이나 봐야겠다는 생각에 경용을 부르라고 했고, 후배 가수는 곧바로 경용을 불렀다.

술자리가 한참이나 계속되던 중 가게 문이 열리며 기타를 멘 사람이 들어왔다. 그러고는 가게에 있는 사람들에게 인사를 해가며 안쪽으로 이동했다. 그 모습을 본 박재진은 피식 웃으며 손을 흔들었다.

"어, 경용아. 여기로 와."

"선배님!"

"넌 술 마시러 오면서 기타를 메고 왔어."

경용은 웃으며 바로 옆에 기타를 조심스럽게 내려놓았다. 그러고는 박재진에게 다시 깍듯하게 인사를 건넸다.

"방금 인사했잖아."

"그래도 선배님 오랜만에 뵙는데 제대로 인사해야죠."

"형이라고 부르래도."

"선배님 음악 듣고 자랐는데 어떻게 형이라고 불러요."

"휴, 꼭 누구 같네."

"누구요?"

"있어. 한 녀석은 형님, 형님, 그러는데 한 녀석은 말끝마다 꼭 박재진 씨, 박재진 씨, 그러는 놈. 기분 좋으면 박재진 님이고."

박재진은 피식 웃었다. 그러고는 술을 따라주며 입을 열었다.

"요즘 열심히 곡 쓴다며?"

"네. 열심히 하고 있는데… 잘 안 되네요."

"너무 걱정하지 마라. 사람한테 때가 있다는 말을 나도 안 믿었거든? 그런데 그런 게 있는 거 같더라고. 나 봐. 내 때는 50대였어."

"전 그럼 지금 산 만큼 더 살아야 때가 오겠네요?"

"너 25살이야?"

"26살이요. 18살에 데뷔했어요."

"야, 그냥 선배님이라고 해라. 너희들도 30살 밑으로는 선배님이라고 해. 어휴, 이럴 땐 내가 나이 먹었다는 게 느껴진다니까."

박재진의 농담에 다들 크게 웃었다. 박재진은 그런 후배들을 보며 피식 웃고선 경용에게 말했다.

"그래서 어떤 곡들 쓰고 있어?"
"여러 가지 쓰는데… 잘 안 나오네요. 부메랑도 아니고 보내면 곧바로 돌아와요. 선배님이 한번 들어봐 주실래요?"

경용의 말에 다른 밴드 멤버들은 정색하며 경용을 제지했다. 하지만 박재진은 크게 개의치 않았다.

"들어보지 뭐. 여기 음악도 안 나오잖아."

박재진이 허락하자 후배 가수들도 그제야 수긍했다. 그러자 경용이 휴대폰을 만지작거리기 시작했다.

*　　　*　　　*

기타를 연주할 줄 알았던 박재진은 휴대폰에서 들려오는 음악 소리를 들으며 헛웃음을 뱉었다. 잠시 당황하긴 했지만, 들려오는 음악 소리에 집중했다. 한참을 듣던 박재진은 자신도 모르게 한숨을 뱉었다. 그러자 반응을 살피던 경용이 조심스럽게 질문을 했다.

"어떠세요?"
"솔직하게?"
"네! 솔직하게 부탁드립니다."
"뭐. 베이스 라인은 말할 것도 없고 멜로디가 쌓은 탑 라인도 답이 없는 수준인데?"
"역시 그러네요."

마치 자신의 실력을 알고 있다는 대답이었다. 음악을 들은 박재진은 덤덤한 경용의 얼굴을 보며 의아했다. 자신이 기억하는 경용의 실력은 이 정도가 아니었다. 크레파스 출연 당시 들었던 곡들은 자신도 놀랄 정도로 좋았다고 기억하고 있었다. 그 때문에 경용을 아직까지 기억하고 있었던 것이다. 그런데 지금의 곡은 같은 사람이 쓴 게 맞는가 의심이 될 정도로 차이가 났다.

"왜, 슬럼프야?"
"슬럼프는 아니에요."
"그럼 이 곡은 뭐야. 장난으로 만든 거야?"
"그건 아닙니다. 전 절대로 음악을 장난으로 하지 않아요. 항상 진심으로 하고 있어요."
"그런데 예전에 들었던 곡들하고 너무 다른데?"

경용은 인정한다는 듯 고개를 끄덕거렸다. 그러고는 무척이나 심각한 표정으로 입을 열었다.

"이상하게 들리실 수 있는데요. 믿어주셨으면 합니다."
"말을 해봐. 그래야 믿든 말든 하지."
"저도 제가 무슨 문제인지 모르겠는데 그냥 제 마음대로 곡을 쓰면 이런 반응이에요."

"좋은 곡도 있어?"

"네. 그런 곡들을 쓰려면 꼭 뭔가를 봐야 해요."

"그게 무슨 말이야? 너 편곡도 잘하잖아."

"그러니까요… 제가 편곡하던 거 기억하세요?"

"다는 아니더라도 기억하지."

"그거 전부 뮤직비디오가 있었던 곡들이거든요. 그리고 뮤직비디오도 드라마처럼 곡 내용에 맞게 제작된 내용이었고요."

박재진은 잠시 천가길이 편곡했던 노래를 떠올렸다. 경용의 말처럼 정말 뮤직비디오가 있는 노래들이었다. 90년대 한창 유행하던, 영화처럼 제작된 뮤직비디오들이었다.

"그것도 기본 라인이 있어서 그렇게 편곡이 된 거고요. 제가 처음부터 보고 만들면 음악이 끝이 안 나요. 어디서 끝을 내야 할지……."

"진짜 어이없네. 그게 말이 돼? 그럼 사람들 얘기 듣고 곡 쓰면 되잖아."

"상상력이 부족해서 그런지 그 상황이 상상이 안 돼요. 꼭 눈으로 봐야 되거든요."

"아무리 생각해도 안 믿겨지네."

"그래서 말하기 전에 믿어달라고 한 거예요. 계속 음악을 하고 싶은데 생활이 안 되어서 고민 중이었거든요. 아무래도 여기서 그만두는 게 맞는 거겠죠?"

이런 경우는 처음이었기에 쉽게 믿어지지가 않았다. 사람이 저렇게 상상력이 없을 수 있는 건가 싶었다. 그래도 자신의 말로 음악의 길을 포기하게 만들고 싶지는 않았다.

"그럼 드라마 노래를 써."
"제가 이름이 없다 보니까 그게 힘들더라고요. 그래도 쓰긴 했는데… 딱 그 장면에만 어울리더라고요. PD님들은 완곡을 원하시는데 완곡이 안 나오거든요. 기승전결이 한 번에 보여야지 나와서요."
"와, 까다롭네. 노래나 한번 들어보자."

경용은 이번에도 휴대폰을 만지더니 노래를 재생시켰다. 그러자 굉장히 밝은 느낌의 노래가 나오기 시작했고, 가게 안에 있던 사람들이 노래에 반응을 보이려 할 때, 노래가 끝났다.

"좋은데 더 틀어봐."
"이게 끝입니다."
"왜, 이어서 만든 거 있을 거 아니야."
"화면이 여기서 끝났거든요. 뒷부분이 다른 내용이라 상상이 안 돼요."
"어이고, 뭐 이런 놈이 다 있어. 일단 그 휴대폰 좀 나 줘봐. 있는 거 내가 좀 들어보자. 그래도 괜찮지?"
"네, 그럼요."

"넌 술이나 마셔."

박재진은 이어폰을 꽂은 뒤 한 곡, 한 곡씩 듣기 시작했다. 듣다 보니 경용이 한 말이 진짜 같다는 생각이 들었다. 곡을 완성시키려고 했는지 좋은 방향으로 흘러가다가 급격하게 곡이 망가졌다. 아마 영상이 끝난 뒤 혼자 완성시키려고 한 것 같았다. 그런 곡들이 수두룩했다.

그러던 중 처음부터 끝까지 완벽한 곡이 들렸다. 분위기는 밝은 편으로, 구성도 통통 튀는 게 재미있게 느껴졌다. 다만 무척이나 짧았다. 박재진은 이어폰을 뺀 뒤 경용을 불렀다. 그러고는 조금 전에 들었던 곡을 재생시켰다.

"이건 뭔데?"

"아! 그건 선배님이 나오셨던 분트 광고음악입니다."

"아하! 그래서 이렇게 짧았네. 이거 원래 깔려 있던 거보다 좋은 거 같은데."

"그냥 광고 보다가 선배님 나오시길래 만들어봤습니다."

가만히 생각하던 박재진은 곧바로 경용을 쳐다봤다.

"너 광고음악 할래? 광고에 기승전결 다 있는 거 알지?"

"아니에요."

"왜? 광고음악 무시해?"

"아니요. 광고음악도 음악인 걸요. 기존 곡을 사용하기도 하잖아요. 그런데 저처럼 이룬 게 아무것도 없는 사람을 쓰려면 선배님이 고개를 숙이셔야 하잖아요."

"그런 거였어? 야, 고개 안 숙여도 돼. 네가 음악에 미친 것처럼 광고에 미쳐서 광고에 도움 되는 일은 뭐든지 하는 사람 있어. 안 그래도 내일모레 미팅인데 너 그날 우리 집에 좀 와라."

박재진은 한겸을 떠올리며 씨익 웃었다.

*　　　*　　　*

한겸은 미팅을 하기 위해 박재진의 집에 도착했다. TV 관찰 예능에서나 봤을 법한 그런 깔끔한 아파트였다.

"겸쓰, 한강 보인다! 전망은 너희 집보다 훨씬 좋은데? 형님! 여기 얼마예요?"

범찬은 박재진의 집이 자신이 꿈꾸던 집이었는지 상기된 표정으로 창가에서 떠나질 않았다. 한겸은 그런 범찬을 보며 고개를 저었다. 박재진만 있었다면 그나마 이해할 텐데 매니저는 물론이고 처음 보는 사람까지 있는 자리였다.

"내버려 둬요. 범찬 동생이 멋지다고 하니까 내가 더 뿌듯한데요, 뭐."

"휴, 한강 보이는 아파트 사는 게 범찬이 인생 목표라서 그래요."

"목표가 확실하네요. 그나저나 여기 이 친구, 같이 있어도 되죠?"

박재진은 옆에 있는 사람을 가리키며 말했고, 한겸은 선뜻 대답을 하지 못했다. 방금 전에도 동양기획으로부터 뒤통수를 맞고 온 상태였기에 조심스러웠다. 미팅이라고 분명히 알렸고 박재진도 그것을 알고 있었을 텐데 외부인이 있는 자리가 그리 달갑지 않았다. 박재진도 한겸의 표정을 읽었는지 웃으며 말했다.

"믿을 수 있는 놈이에요. 입이 무거워야 된다는 것도 누구보다 잘 알고요. 연예인이면 당연하죠."

"아."

"모르셨어요?"

광고 일을 하다 보니 연예인들을 전부는 아니더라도 어느 정도는 알게 되었다. 일부러 찾아보기도 하는데 앞에 있는 사람은 처음 보는 얼굴이었다. 섣불리 알은척을 하는 것도 실례였기에 한겸은 어색하게 웃었다. 그러자 박재진이 옆에 있던 사람의 등을 두드리며 크게 웃었다.

"7년이나 했는데! 너, 더 열심히 해야겠다."

"TV에 잘 안 나오는데 모르실 수도 있죠. 나와도 뒤에만 있는데요."

"크크, 김 프로님도 들어보셨을 건데. 천국으로 가는 길이라고 못 들어보셨어요?"

"천국으로 가는 길… 이요?"

"줄여서 천가길이라고 불렀는데."

그동안은 색이 보이지 않아 주야장천 책만 읽다가 연예인에 관심을 가질 필요가 있다고 생각한 게 최근이다 보니 처음 들어 보는 이름이었다. 이름이 독특해도 너무 독특해서 한 번이라도 들었다면 기억했을 것이다. 하지만 너무 생소했다. 그때, 창가에 있던 범찬이 고개를 돌리며 입을 열었다.

"천가길이었어요? 장승표 있는 천가길?"

"이야, 그래도 범찬 동생은 아네."

"장승표가 예능에 많이 나왔잖아요."

"그것도 몇 년 전 얘기지."

"그런가? 하긴 제가 고등학생 때니까 몇 년 전이야."

고등학생 때면 TV라고는 광고만 볼 때였기에 모르는 게 당연했다. 그때, 범찬이 한겸을 보며 모르냐는 표정으로 입을 열었다.

"진짜 몰라? 하긴 책만 본 네가 알 리가 있나. 역시 김한겸."

"왜 거기다 역시를 붙여."

"그냥 붙인 건데? 신기하네. 그래도 천가길 노래 유명한 거 있었는데. 아, 노래는 아니고 연주곡."

한겸은 몰라도 되는 부분이었기에 일에 대한 얘기를 하고 싶었다. 그런데 박재진은 범찬의 말을 듣고는 즐거워했다.

"그 연주곡 대단했지. 그거 얘가 만든 곡이야."
"장승표가 아니라요?"
"장승표는 보컬이고. 천가길 노래 얘가 다 만들었어. 한번 들려 드려."

남자는 이 상황이 어색한지 멋쩍은 미소를 지으며 거절했지만, 박재진은 기어코 기타를 들려주었다. 그러자 남자가 마지못해 기타를 연주했다. 그 연주를 듣던 한겸은 곧바로 입을 열었다.

"아! Dream driving! 자동차 광고 노래네요?"
"김 프로님도 아시네!"
"자동차 광고 엄청 나왔잖아요. 아, 이 곡 만드셨구나."
"크크, 이 노래 말고는 천가길로 뜬 노래가 전혀 없죠."

박재진은 피식 웃고는 남자에게서 기타를 뺏어 제자리에 가져다 놨다. 그러고는 한겸을 보며 입을 열었다.

"매번 광고음악 만드실 때 외부 작곡가한테 받아 오신다고 들었어요."

"이 PD님이 그러셨어요?"

"강유가 그러더라고요. 음악도 깐깐하게 골라서 시간도 많이 걸린다고. 그래서 여기 이 친구를 소개해 드리려고 오라고 했어요."

"아, 그러셨구나!"

한겸은 그제야 처음 보는 남자가 왜 이 자리에 있는 것인지 이해했다. 그런데 한편으로는 의아했다. 그동안 그룹의 노래를 모두 만들었다고 들었는데 성공한 노래는 없었다. 그럼 실력이 없는 사람이라는 결론을 낼 수밖에 없었다. 그런 사람을 소개해 주는 이유가 궁금했다.

"우리 회사면 종락이한테 부탁하라고 했을 건데 얘가 지금 소속이 없어요. 천가길이 해체하고 혼자 작곡가로 활동 중이거든요. 아! 실력 하나는 보장합니다!"

"그렇군요. 그런데 실력이 좋으시면 라온에 들어가는 게 맞는 거 아닐까요?"

"그렇긴 한데. 아무튼! 소개라도 좀 해드릴까 해서 오라고 했어요. 일단 우리 얘기를 하기 전에 확인 좀 해보시라고요."

"그런데 성함이 어떻게 되세요?"

남자는 어색하게 웃으며 그제야 자신의 소개를 했다.

“엄경용입니다.”
“네, 전 김한겸이에요. 그런데 어떻게 확인을 하라고 하시는 거예요?”
“제가 곡을 하나 만들었어요.”

경용의 말에 박재진이 헛웃음을 뱉으며 설명을 보탰다.

“말을 똑바로 해야지. 얘가 분트 광고 보고 곡을 만들었더라고요.”
“두 분이 친하신가 봐요.”
“친하기보다는 절 존경하는 후배들 중 한 명이죠. 한번 들어 보세요.”

음악에 관해선 무지했지만 분트 광고를 보고 곡을 만들었다는 소리에 관심이 생겼다. 이번에는 기타 연주가 아니었다. 경용이 휴대폰에 담아놓은 곡을 재생시켰다.

“전체적으로 밝은 분위기고요. 재진이 형이 등장하는 부분에는 통통 튀는 느낌을 담아봤어요.”

기존 분트 광고에 삽입된 음악과 비슷하면서도 달랐다. 설명을 하고 있지만 그냥 듣기만 해서는 무슨 말을 하는지 이해가 가지 않았다.

“잠시만요. 광고랑 같이 좀 들어볼게요.”

한겸은 노트북을 켜고선 분트의 광고 영상을 재생했다. 그러자 경용이 화면을 보며 음악을 맞추었다. 한참을 보던 한겸은 여전히 의아한 표정이었다.

“바뀐 거 같긴 한데 제가 음악을 잘 몰라서요.”
“김 프로님은 진짜 솔직하시네. 화면 보면서 설명 좀 해드려.”

경용이 설명을 하기 시작했고, 그 설명을 듣자 조금은 이해가 되었다.

“그러니까 모델들이랑 박재진 씨 표정과 분위기에 맞춰서 곡이 조금씩 변한다는 거죠?”
“네, 맞습니다.”

박재진은 여전히 반응이 없는 한겸을 보며 입을 열었다.

“얘가 좀 특이해요. 자기 마음대로 만든 노래는 뭔가 좀 괴상한데 뭘 보고 만든 곡은 좋더라고요. 곡도 그 자리에서 바로 뽑을 정도로 실력도 좋은데 상상력이 부족한지 꼭 뭘 봐야 좋은 곡이 나와요.”
“그럼 드라마 음악 하시면 되지 않을까요?”

"그것도 이름이 있어야 하죠. 아! 물론 C AD도 마찬가지겠죠! 그런데 그동안 촬영하면서 보니까 김 프로님하고 잘 맞을 거 같더라고요."

"네?"

"김 프로님이 현장에서 이렇게 얘기를 하시면 경용이가 그 자리에서 곡을 만드는 거죠. 일단 기본적인 라인이라고 해도 경용이는 그게 가능해요."

"오……."

그 말을 들은 한겸은 머릿속으로 촬영 현장을 떠올렸다.

'촬영을 하면서 옆에서 연주하면 그 자리에서 색이 보이려나? 색이 보일 때까지 바꿀 수 있을까? 아니면 시놉을 완벽하게 만들고 노래를 만들어서 갈까?'

한번 생각이 꼬리를 물자 끝없이 이어졌다. 그 모습을 본 박재진은 웃으며 경용을 쳐다봤다. 한참이 지나서 한겸이 고개를 들고 입을 열었다.

"그 자리에서 노래를 만들고 마음에 들지 않으면 바꿀 수도 있나요?"

박재진은 씨익 웃으며 경용을 봤고, 경용 역시 박재진에게 미소를 보인 뒤 입을 열었다.

"가능합니다."

자신 있는 대답에 범찬이 불쌍하다는 듯 경용을 바라봤다.

* * *

경용의 대답을 들은 한겸은 기대된다는 표정을 지었다. 그러고는 곧바로 노트북을 만지기 시작했다. 확답은 아니더라도 약간의 언질은 줄 거라고 예상했던 박재진과 경용은 의아해하며 지켜봤다. 그러자 범찬이 고개를 저으며 입을 열었다.

"하, 오늘 또 오래 걸리겠는데요?"
"김 프로가 뭐 하는 건데?"
"여기 이분이 자신 있게 대답하셔서 확인하려는 거죠."
"어떻게 확인을 해?"
"겸쓰는 무조건 확인부터 해야 해요. 방 PD님하고 같이 일하기 전에도 실력 확인했거든요."
"어? 진짜? 그런데 나는 확인 안 했는데?"
"형님은 저희가 다 확인했어요. 며칠 내내 합성하면서 확인했거든요."

대화를 듣던 경용은 어떻게 확인을 하는 건지 생각하며 한겸의 말을 기다렸다. 잠시 뒤 한겸이 무언가를 찾았는지 노트북

화면을 돌리며 입을 열었다.

"여기에 맞는 음악 한번 만들어보시겠어요?"

"네?"

"아까 가능하다고 하셨잖아요."

"그렇긴 하죠."

"이 광고는 우리 회사 광고는 아닌데, 꽤 괜찮은 광고거든요. 한번 만들어보세요."

한겸의 노트북에는 수많은 광고들이 담겨 있었다. 한겸은 고민 끝에 광고들 중 하나를 선택했다. 태국에서 만든 광고로 건강보조제 광고였고, 3분이 넘는 인터넷 광고임에도 음악이라고는 마지막 몇 초가 전부인 광고였다.

이 광고를 보여준 이유가 있었다. 광고가 상황과 대사로 진행이 되는데도 모델들이 상당 부분에서 노란색으로 보였다. 카피를 중간중간마다 넣으면 오히려 몰입을 깰 것 같아서, 그렇다면 남은 건 음악이 아닐까 하고 생각하던 광고였다.

"이 고속도로가 사람의 장기를 의미해요. 식도 정도 되겠죠. 그리고 여기 오는 이 차가 음식이라고 보면 돼요."

"아하……."

"그리고 여기 못 지나간다고 하는 경찰이 건강보조제고요. 지방 분해하는 약이거든요. 일단 한번 보시고 어울리는 곡을 한번 만들어주세요."

바로 확인을 할 거라고는 예상하지 못했던 경용은 당황한 표정이었다. 그래도 포기하진 않았는지 곧바로 모니터에 얼굴을 묻었다. 광고가 길다 보니 3번만 봐도 10분이라는 시간이 흘렀다. 그럼에도 계속 광고를 보자 박재진도 불안했는지 조심스럽게 입을 열었다.

"할 수 있겠어?"

"한번 해봐야죠. 대충 감은 오네요. 그런데 형, 피아노 좀 써도 될까요?"

"그럼."

"형 작곡 프로그램 큐베이스 쓰시죠? 컴퓨터도 좀 만져도 될까요?"

"얼마든지 해."

박재진의 대답을 들은 경용은 긴장을 풀기라도 하려는 듯 숨을 크게 뱉었다.

"김 PD님이라고 하셨죠?"

"김 프로라고 부르시면 돼요."

"아, 네. 조금만 기다려 주시겠어요? 뼈대부터 좀 만들어야 할 거 같아서요."

"그러세요."

"그럼 이 광고 영상도 좀 가져가겠습니다."

한겸이 웃으며 고개를 끄덕이자 경용은 곧바로 피아노가 있는 방으로 들어가 버렸다. 그러고는 곧바로 피아노 소리가 들렸다. 방음 설치를 했는지 크게는 아니었지만, 들리기는 했다. 한겸은 잠시 뒤 확인하기로 하고는 박재진을 쳐다봤다. 박재진은 경용이 걱정되는지 피아노방만 쳐다보고 있었다.

"저기 박재진 씨."
"네! 아, 내 정신 좀 봐. 왜 그러시죠?"
"저분 나오시기 전까지 일 얘기를 할까 해서요."
"아, 그렇죠. 맞네요."

한겸은 가볍게 웃고는 설명을 시작했다.

"설명드렸듯이 마리아톡과 크게 달라지는 건 없어요. 조금 지루하지 않게 광고 시간을 줄였고요. 중간중간에 분마 복장을 노출시킬 거예요."
"네, 다 들었습니다."
"그런데 일정을 조금 늘렸으면 해요. 그거 때문에 미팅을 하자고 한 거예요."
"어? 일정 4일로 잡혀 있던데요?"
"네. 거기서 3일만 더 늘렸으면 해서요."
"종락이하고 얘기해 봐야 할 거 같긴 한데 저는 오히려 좋죠. 매번 찜찜하게 끝낸 거 같아서 신경 쓰였거든요. 아마 우리 용진 씨가 잘 말해줄 겁니다."

"이 부장님한테는 저희가 얘기를 해야죠. 그 전에 박재진 씨 의사가 중요한 거 같아서요."

"전 괜찮아요."

박재진이 웃으며 대답하자 범찬이 안쓰럽다는 표정으로 말했다.

"현장에서 하셨던 거 잊은 거 아니시죠?"

"그걸 어떻게 잊어."

"그거를 일주일 내내 해야 해요. 그러니까 운동 많이 하고 오세요. 담 안 걸리게."

"안 그래도 물리치료도 받고 운동도 열심히 하고 있지. 어후, 갑자기 겁나는데? 그런데 김 프로님, 광고 내용은 비슷하다고 했는데 왜 일주일이나 촬영을 하는 거예요?"

"세부적으로 조금 더 잘 만들려고 그래요."

한겸은 웃으며 대답했다. 색이 보이는 시간이 길면 길수록 효과가 커지는 걸 직접 겪으니 조금 더 많은 부분에서 색이 보이는 광고를 만들고 싶었다. 그 때문에 다른 때보다 제작비 예산을 넉넉하게 잡아두었다.

"김 프로님이 하시는 일이라면 무조건 해야죠. 지금 제가 누리고 있는 인기도 다 김 프로님 덕분인걸요. 아이돌도 아닌데 SNS 팔

로우 숫자가 한국 연예인들 중 3번째더라고요. 하하. 이건 뭐 전성기보다 더 많은 인기를 얻어서 얼떨떨해요."

"박재진 씨가 잘해주셔서 그렇죠. 이번에도 잘 부탁드려요."

"제가 잘하긴요. 다 시키는 대로 한 거죠. 그래서 경용이도 소개해 드리려고 한 거고요."

한겸은 경용이 들어간 방문을 한번 쳐다봤다. 박재진 같은 경우는 모델로서 분명하게 색이 드러나는 상황이었지만, 음악은 아니었다. 지금까지 만든 광고들만 보더라도 대부분 음악이 없는 부분에서 색이 보이는 경우가 많았다. 분트 같은 경우만 해도 '마트 하면 분트'라는 카피에는 음악이 없었다. 그러다 보니 자신에게 다른 걸 기대하는 건 아닐까 하는 생각이 들었다.

잠시 고민하던 한겸은 처음부터 입장을 제대로 밝히는 게 나을 거라고 생각하고선 입을 열었다.

"제가 연예계에 있는 게 아니라서, 인기를 목적으로 광고에 참여하시는 거면 그만두는 게 좋을 거 같아요."

"아! 오해세요. 인기를 얻으려는 건 아닙니다. 그저 음악을 계속할 수 있게 거름을 주려는 거죠. 김 프로님이 거절을 하셔도 됩니다. 부담 갖지 마시고 평소처럼 칼같이 판단해 주세요."

대답을 듣기는 했지만 여전히 찜찜한 기분이었다. 그때, 범찬이 대화에 끼어들었다.

"겸쓰가 칼같기는 하죠. 그런데 천가길은 왜 해체했어요?"
"얼마 전에 연예계에서 또 떠들썩했는데 못 봤어?"
"무슨 일 있었어요?"
"마약으로 연예인들 잔뜩 잡힌 사건 몰라?"
"아! 그거요?"
"어, 걔네 멤버가 4명이거든. 그중에 둘이 마약으로 잡혔어. 기타 치는 애랑 건반 치는 애. 워낙 인기가 없어서 그 소식도 소문이 안 나네."
"엄경용 씨가 마약을 한 것도 아닌데 무슨 상관이에요."

박재진은 안타깝다는 듯 혀를 한 번 차고는 입을 열었다.

"걔네가 딱 7년 차거든. 연예인들 표준 계약이 7년이고. 보통 재계약하고 그러는데 걔네는 사건도 터졌겠다, 인기도 없겠다 그래서 내팽개쳐진 거지. 그나마 인기가 조금 있는 장승표는 아예 선 긋고 작은 소속사로 갔는데, 걔는 인기도 없고 잘하는 거라고는 연주밖에 없어서 세션으로만 영입하고 싶어 했거든."
"세션으로 하면 되죠."
"어휴, 범찬아. 너 같으면 네 아이디어로 광고 제작하다가 남이 만든 광고에 참여만 하라는데 그게 좋겠어?"
"실력 없으면 해야죠. 실력 있는 저도 겸쓰 옆에서 시키는 거 할 때 많아요."
"그래? 김 프로님이라면 이해하지."

"어? 묘하게 기분 나쁜데요?"

"하하, 농담이야. 아무튼 며칠 전에 나한테 조언을 구하더라고. 이제 25살인데 너무 섣부른 판단일 수도 있다는 생각에 이것저것 다 해보라고 하다가 광고음악 얘기가 나온 거야. 자기도 잘 맞을 거 같다고 그러더라."

"왜요?"

박재진은 피식 웃더니 말을 이었다.

"가수들이 가끔 자신의 경험담을 녹인 곡입니다, 그런 말 하지? 경용이가 전형적인 그런 애야. 그런데 어려서부터 연습생만 했는데 무슨 경험이 있겠어. 무엇보다 애가 상상력이 너무 부족해. 그래서 남들 얘기만 들어서는 곡이 안 나와."

"형님은 그런 걸 어떻게 아세요?"

"내가 크레파스를 몇 년 했는데 모를 수가 없지. 천가길이 몇 번 출연했는데 나올 때마다 다른 가수 곡을 하나씩 들고 왔거든. 그것도 완전 옛날 노래들로. 그런데 편곡이 기가 막힌 거야. 완전 다른 곡이라고 느껴질 정도로 좋더라고. 얼마 전에 내가 궁금해서 물어봐 가지고 알게 됐지."

"뭐라는데요?"

"그거 다 뮤직비디오 있는 곡들이더라고. 그거 보고 편곡한 거랬어. 그게 또 뮤직비디오가 없는 거나 엉뚱한 내용이면 노래가 구려. 신기한 놈이야."

"상상력이 엄청 부족한 사람이네."

대화를 듣던 한겸은 이해를 했는지 고개를 끄덕거렸다. 만약 자신이 남의 아이디어로 광고 제작에 참여해야 된다는 상황을 생각만 해도 거부감이 느껴졌다. 한겸은 생각을 떨쳐내려고 고개를 흔들고는 피아노가 있는 방을 쳐다봤다. 박재진의 말 때문인지 어떤 곡을 들고 나올지 궁금했다.

그때 기다리던 문이 열렸고, 경용이 안으로 들어오라는 손짓을 했다. 거실에 있던 사람들은 전부 방으로 들어갔다.

"와, 완전 음악 작업실 같네요."

"저 가수잖아요. 당연한 거죠. 저 가수인 줄 모르시는 거 아니죠? 뭔가 기분이 묘한데요? 모델을 잘한다고 좋아해야 하는 거죠?"

피아노부터 기타나 각종 기기들이 방 안을 가득 채우고 있었다. 박재진을 모델로만 생각하고 있었던 한겸은 방 안을 보고 나서야 박재진이 가수라는 게 실감됐다. 한겸은 멋쩍게 웃고는 서둘러 말을 돌렸다.

"한번 들어볼까요?"

그러자 경용이 모니터를 가리키며 입을 열었다.

"일단 영상에 넣어봤어요. 광고랑 같이 보시는 게 좋을 것 같아서요."

한겸에게는 그편이 훨씬 좋았다. 궁금한 것이 있었지만, 이것 먼저 확인을 한 다음이 맞는 것 같았다. 한겸이 자리에 앉자 경용이 영상을 재생시켰다. 그러자 시작과 동시에 음악이 들리기 시작했다.

"경찰한테 단속 걸리기 전까지는 경쾌한 분위기예요. 델마와 루이스를 보고 만들었던 곡인데 이 부분은 조금 비슷하게 느껴져서요."
"네, 그러네요."

설명을 해줘도 음악에 대해 잘 몰랐던 한겸은 그저 고개만 끄덕이며 화면에 집중했다. 아직까지는 배경이 회색으로 나오고 있었다.
그때 경찰이 나오기 시작했고, 음악이 약간 웅장하게 들려왔다. 그 순간, 모니터를 보던 한겸은 경용 앞에 놓인 키보드를 뺏듯 가져왔다. 그러고는 다시 앞부분으로 돌렸다.

"이상한가요? 이 부분을 신경 쓰느라 시간이 조금 걸린 건데."
"이건 어떤 느낌이에요?"
"베이스를 조금 빠르게 연주해서 긴장감을 주는 거예요. 그에 반해 피아노는 박자를 늘려서 느긋함을 주려고 했어요. 약간 영문 모를 엉뚱함을 표현하고 싶어서 이렇게 했는데 이상한 가요?"

"전혀요. 너무 좋은데요."

한겸은 몇 번이나 더 같은 장면을 돌려봤다. 이 장면에서만큼은 확실히 색이 보였다. 혹시나 해서 곡을 만들어보라고 했는데, 이렇게 짧은 시간에 광고와 맞는 음악을 만들 줄은 몰랐다. 그 뒤로도 한겸은 아예 얼굴을 모니터에 묻고 영상을 살폈다. 전체적으로 보이는 건 아니었다. 하지만 회색 배경에 노란색 모델들이 서 있는 광고 부분 부분에 색이 보였다.

한참이나 광고 영상을 보던 한겸은 침을 꿀꺽 삼켰다. 그러고는 급하게 자신의 노트북을 찾기 시작했다. 그러자 박재진이 의아한 표정으로 물었다.

"뭐 찾으세요?"

"제 노트북이요."

"그거 범찬이가 들고 있는데."

옆을 보자 노트북을 꼭 껴안고 있는 범찬이 보였다. 한겸이 인상을 쓰며 내놓으라고 손을 내밀자 범찬이 싫다는 듯 고개를 저었다. 그러고는 한겸을 뚫어져라 쳐다보며 입을 열었다.

"약속해."

"뭘!"

“하나만 더 시키기로. 지금 네 반응 보면 노트북에 있는 광고 음악 다 만들라고 할 거 같아. 아무래도 밤새워서 여기 있어야 할 판이거든. 우리 가서 할 일 많은 거 알지?”

“하아, 일단 줘.”

“하나만 더 한다고 약속부터 해라!”

범찬의 말을 들은 경용은 그제야 상황을 이해했는지 웃으며 입을 열었다.

“만족하실 만큼 시키셔도 됩니다.”

*　　　　*　　　　*

그로부터 며칠 뒤, 사무실에 있는 한겸은 모니터를 보며 피식 피식 웃었다. 그 모습을 보던 팀원들은 무척이나 의아한 표정이었다. 평소라면 HT의 광고를 다듬느라 정신이 없어야 했는데 무엇이 즐거운지 웃고만 있었다. 종훈은 자신과 비슷한 표정의 수정을 보며 물었다.

“한겸이 왜 저래? 뭐 하는데 저렇게 좋아해? 분트에서 포상 준다고 그래서 그런가?”

“그건 아닐걸요? 계속 광고만 찾고, 어디에 전화하고 그러던데. 최범찬, 너는 알아?”

범찬은 한겸을 힐끔 보더니 인상을 찡그렸다. 그러고는 곧장 한겸의 옆에 가더니 모니터를 쳐다봤다.

"야, 또 보내라고 했냐?"
"어. 이거 한번 봐봐. 지금까지 보낸 것 중에 가장 좋아."
"너, 이거 범죄야."
"이게 무슨 범죄야."
"노동 착취! 돈도 안 주고서 자꾸 네 호기심 채우려고 일 시키지 말라고."
"이거 돈 주고 부탁한 거야. 우리가 작곡할 때 줬던 비용하고 비슷하게 줬어."
"뭐? 너 지금까지 몇 곡이나 받았는데."
"음, 처음에 확인하느라 만든 4곡 빼면 6곡이네."
"너 미친 거 아니냐? 호기심 채우려고 네 사비 들여서 노래를 만들어? 그것도 우리 광고도 아니고 다른 회사 광고를!"

범찬의 말에 종훈이 그제야 알았다는 듯한 표정을 짓고는 대화에 끼어들었다.

"박재진 씨가 소개해 줬다는 작곡가?"
"네. 이 사람 실력 좋네요. 음악이 상당히 좋아요."
"그래? 그런데… 한겸이 너 음악 잘 모르지 않아?"

작곡가를 만나는 일은 대부분 수정과 종훈이 했기에 두 사람은 고개를 갸웃거렸다. 한겸이 상관없다는 듯 실실 웃자 범찬이 답답한지 가슴을 두드리며 말했다.

"내 말이 그거예요. 음악 고자가 무슨 음악을 판단하겠다는 건지! 네가 아무리 재벌 2세라고 해도 그거 생돈 나가는 짓이야. 돈한테 미안해해야 되는 짓이다."

"나 재벌 2세 아니래도 자꾸 저러네. 이거 다 우리 잘되려고 하는 거야. 이거 다들 한번 봐봐."

한겸은 웃으며 팀원들이 들을 수 있도록 소리를 키운 뒤 노트북을 돌렸다. 화면이 시작되자마자 수정이 더욱 의아하다는 표정으로 변했다.

"이거 미국 코크 광고잖아. 인종 연령 남녀 구분 없이 코크로 통일된다는 광고. 이거 잘 만든 광고로 칸 광고제에서 상도 받았는데 이걸 왜 건드려?"

"일단 한번 봐봐."

범찬까지 모니터를 보기 시작했고, 세 사람은 한겸이 말하려는 것을 알아내기 위해 집중했다. 잠시 뒤 광고가 끝나자 세 사람이 인상을 찡그렸다.

"뭐가 달라?"

"그러게. 똑같은 거 같은데?"

"봐. 너 생돈 나간 거라니까."

한겸은 여전히 피식거리며 웃고선 입을 열었다.

"노래 들어야지."
"원래 이 노래 아니야?"
"아니야. 완전 달라. 비교해서 들어봐."

한겸은 재미있다는 듯 웃으며 원래의 영상을 재생했다. 그러자 세 사람이 헛웃음을 뱉었다.

"난 원래도 좋은데?"
"그러게. 둘 다 괜찮은 거 같아."
"봐. 원래 좋은 걸 뭐 하러 생돈 주면서 곡을 만드냐고. 광고할 수 있는 것도 아닌데."

팀원들의 반응이 예상했던 것과 다르긴 했지만, 확실히 성공적이었다. 경용에게 몇 개의 광고를 보내서 확인을 했고, 지금 보는 광고가 가장 마지막 광고였다. 국제 광고제에서 상을 받을 정도로 잘 만든 광고로, 소비자들의 호평을 이끈 광고이기도 했다. 그리고 색이 많이 보이는 광고였다.

한겸은 소리를 아예 뺀 뒤 광고를 살폈고, 음악이 광고에 상당히 큰 역할을 하고 있다는 걸 알아냈다. 이런 광고에 경용이 만든 음악을 넣으면 어떻게 될지 궁금했기에 곡을 부탁했다. 박재진이 경용을 소개했을 때 했던 말이 사실이었는지 불과 몇 시간 만에 곡을 보내왔다.

경용의 곡은 팀원들이 원래의 배경음악으로 오해했듯, 전혀 위화감 없이 광고에 녹아들었다. 게다가 기존 광고와는 색이 보이는 부분도 달랐다. 기존 광고의 색이 콜라에 집중되어 있는 반면, 경용의 곡은 앞부분에 집중되어 있었다. 한겸은 그 부분이 마음에 들었다.

마리아톡 광고 당시 앞부분이 약간 지루하다는 평가가 있었다. 그 부분을 줄이기로 한 상태였지만, 시나리오는 크게 달라지지 않았다. 그 때문에 분마의 복장을 심어두기로 한 것이었다. 그런데 거기에 지루하지 않게끔 경용의 음악이 더해진다면 확실히 좀 더 나은 광고가 될 것이었다.

한겸은 여전히 모르겠다는 표정의 팀원들을 보며 씨익 웃었다.

"어휴, 차이도 모르네. 어휴, 음악 고자들."

한겸이 웃으며 농담을 건네자 팀원들은 정색하며 한겸을 봤다.

"아오! 다른 사람도 아니고 겸쓰한테 그런 말을 들을 줄이야!"

"나도. 잘못 들었나 했네."

"나도 고자야? 진지하게 말하는 거야, 농담으로 말하는 거야?

김한겸은 그게 구분이 안 돼."

범찬을 따라 한 게 실수였다. 한겸은 어색하게 웃으며 말했다.

"원래 광고 만들 때 엄청 공들여서 만들었겠지? 그러니까 상도 받고 그랬을 거 아니야. 물론 BGM도 그랬을 거고."
"어? 그러네? 그런 곡하고 차이를 못 느끼는 곡이네!"
"맞아. 그것도 몇 시간 만에 만든 곡인데 이래!"
"헐… 귀인이었다니. 귀인이에요! 귀인이에요!"
"하하, 귀인 맞네."

그제야 팀원들도 이해를 했다는 듯 놀라워했다. 그러던 중 수정이 흠칫 놀라더니 한겸에게 말했다.

"그럼 미리 곡 받아놔야 하는 거 아니야?"
"왜?"
"네 성격상 그 사람한테만 광고음악 부탁할 거잖아. 그런데 딱 봐도 유명해질 거 같은데?"
"유명해지겠지. 그렇다고 광고도 없는데 먼저 곡을 받아둘 순 없어."
"아! 그 사람… 뭘 봐야지 곡이 나온다고 그랬지? 그래도 엄청 유명해질 거 같은데."
"걱정하지 않아도 돼."
"무슨 계획이라도 있어?"

팀원들은 한겸이라면 다 계획하고 있을 거라고 생각했는지 기대하는 표정이었다. 그런 팀원들의 얼굴을 보던 한겸은 씨익 웃고는 말을 이었다.

"좋은 음악을 만들려면 좋은 영상이 있어야 되잖아. 우리가 좋은 영상을 만들면 돼."
"뭐야! 그게 계획이야?"
"계획이지. 그리고 이번 곡은 엄경용 씨 혼자 만드는 게 아니라 같이 만드는 게 될 거야. 지금까지 만든 곡 중 최고로 완성도가 높은 곡으로! 그럼 다른 곡들을 만들 때 마음에 안 들겠지! 그럼 우리랑 계속하고 싶을 거야!"
"뭐… 너랑? 너랑 같이 만든다는 거야?"

한겸은 고개를 끄덕이자 팀원들은 어이가 없다는 듯 멍한 표정으로 한겸을 쳐다봤다.

"미쳤네. 미쳤어. 왜 이상한 데서 저 자신감이 나오지?"
"자신 있다니까. 날 믿어."
"헐! 우리한테 믿으라고 한 적이 처음이지? 그러니까 더 불안해."
"하하, 믿어봐. 그래서 엄경용 씨도 대만에 데려갈 거야."
"뭐 우리랑? 우리 포상 겸 현장 확인해야 해서 다음 주에 가는데?"

"일단 오라고 하면 박재진 씨랑 같이 오겠지. 현장에서 곡을 만들어 나갈 거야! 날 믿어라!"

한겸은 주먹까지 불끈 쥐며 자신감을 표현했지만, 팀원들은 한겸이 음악에 관해서만큼은 무지하다는 걸 알기에 불안한 표정을 지었다.

* * *

경용은 무척 불안한 표정으로 박재진의 집에 찾아왔다.

"선배님, 바쁘실 텐데 죄송합니다."

"괜찮아. 어차피 할 것도 없어. 그나저나 전화로 한 말이 무슨 말이야."

경용은 숨을 크게 들이마시더니 입을 열었다.

"선배님은 김 프로라는 분 잘 아시죠?"

"알지. 광고에 미쳐 있는 사람이지. 그런데 김 프로가 뭘 어쨌다는 거야? 너한테 무슨 일을 계속 맡긴다는 거야?"

"저도 김 프로님이 왜 그러시는지 모르겠어요. 계속 광고 영상을 보내시고 곡을 만들어서 보내달라고 하더라고요. 그리고 곡비도 주세요. 벌써 6곡이나 만들었어요."

"그래? 김 프로가 마음에 들었나 본데?"

"그거 때문에 제가 궁금해서요. 좋으면 좋다 말을 해줘야 하는데 그런 말이 전혀 없이 광고 보내고 돈 보내고 그걸 반복해요."

그 말을 들은 박재진은 가만히 한겸을 떠올렸다. 한겸과 촬영을 하면 반복은 기본이었기에 충분히 이해되었다. 그러던 중 박재진이 인상을 찡그렸다.

"반복된 일 시켰을 때는 분명히 마음에 안 드는 건데. 내가 촬영하면서 당해봤거든."

"허… 진짜요? 괜찮다고 그러기는 했는데……."

"대놓고 어떻게 나쁘다고 그래. 아니지, 김 프로는 그럴 사람이지. 너를 처음 봐서 그런가? 아니지, 나 처음 봤을 때도 미친 듯이 시켰지."

"그래서 돈을 받아도 되는 건지 모르겠더라고요."

"얼마나 받았는데?"

"많이는 아니고요. 곡당 50씩 주더라고요."

"괜찮은데? 너 김 프로한테 보냈던 음악 지금 있어?"

"네. 잠시만요."

경용은 휴대폰에 담아놓은 곡을 틀었다. 그 곡을 듣던 박재진은 혀를 내두르며 입을 열었다.

"야, 너 진짜 곡 잘 쓴다. 눈으로 보고 쓴 거랑 아닌 거랑 어떻게 이렇게 차이가 나지?"

"그거 H항공 광고 보고 만든 건데 괜찮은 거 같죠?"

"어, 뭔가 뻥 뚫리는 시원한 느낌이네. 들으니까 더 이상하네. 확인을 하려고 그러는 거면 그냥 시키면 되는 건데 돈을 준 것도 이상하고. 확인을 한다고 해도 기존에 있는 광고음악을 돈 주면서 만드는 것도 이상하고. 가장 이상한 건 김 프로가 음악을 전혀 모른다는 거거든. 음악이 좋은지 아닌지 구분을 못 할 텐데 말이야."

"음악 잘 모르세요?"

"모르지. 그래서 강유한테 매번 조언 구하고 그랬어."

박재진도 답이 안 나오자 답답한 표정이었다.

"가만 보면 진짜 이상한 사람이야. 뭘 생각하는지 전혀 모르겠거든. 전화해서 물어볼까?"

그때, 갑자기 들고 있던 휴대폰이 울렸다. 번호를 보니 한겸이었고, 박재진은 자신도 모르게 전화를 받았다.

"김 프로님!"

—어? 박재진 씨세요? 제가 잘못 걸었네요. …어? 번호 맞는데.

"경용이 전화 맞아요."

—아! 같이 계시나 보네요. 좀 바꿔주시겠어요?

박재진은 궁금한 마음에 스피커폰으로 변경한 뒤 휴대폰을 넘겼다.

"네, 말씀하세요. 또 다른 영상 보내신 건가요……?"

—아니요. 그건 이제 됐고요. 혹시 시간 되세요?

"지금요? 네. 됩니다."

—지금 말고요. 다음 주에 대만으로 좀 와주실 수 있나 해서요. 경비는 저희가 지원해 드리고요.

"네?"

—촬영 현장을 보면서 곡을 만들어주셨으면 해서요. 아, 현장 전체를 보라는 건 아니고요. 촬영한 영상을 보여 드리면 곡을 만들어주셨으면 해요. 그게 한 곡이 아닐 수도 있고 조금만 변경할 수도 있고 그렇거든요. 수시로 변경을 요구할 수 있어서 그런데, 같이 가시는 게 좋을 것 같아요. 괜찮으실까요?

"프로듀싱을 하신다는 건가요?"

—실례되는 일인가요? 음악 쪽 일을 안 해봐서요.

"그건 아니고요. 원래 조율을 하기도 하니까요."

—휴, 깜짝 놀랐네요. 그럼 같이 가주실 수 있을까요?

"저야 괜찮은데……."

대화를 듣고 있던 박재진은 엄경용에게 빨리 수락하라고 말하라는 듯 고개를 빠르게 끄덕였다. 그 모습을 보던 엄경용은 고개를 끄덕이며 입을 열었다.

"네, 알겠습니다."

—그럼 내일 저희 회사 직원분이 찾아뵙고 설명해 주실 거예요. 박재진 씨와 같이 오셔도 되고요, 촬영 일정에 맞게 오셔도 되고요.

한겸은 자신이 할 말만 하고는 전화를 끊어버렸다. 경용은 얼떨떨한 표정으로 테이블에 놓인 휴대폰만 쳐다봤다. 그러자 박재진이 박수를 치며 말했다.

"야, 축하해."

"네?"

"마음에 들어서 계속 시켰던 거였네. 돈까지 주면서."

"그런가요?"

"그렇지. 너 이제 성공하겠다."

"광고음악 한 번 했다고 성공하는 건 바라지도 않아요."

"크크, 나도 그랬지. 처음에 김 프로가 나 찾아와서 지금 통화하는 것처럼 자신감 넘치는 말투로 말했거든. 그때는 나도 못 믿었지. 그런데 지금 나 보면 알지?"

경용은 설마 하는 표정이었지만, 한편으로는 약간 기대도 되었다. 그때, 박재진이 크게 웃으며 입을 열었다.

"야, 마사지 받으러 가자. 이번 촬영 일주일이거든."

"그거랑 마사지랑 무슨 상관이에요?"
"너 일주일 동안… 아니다. 가서 겪어보면 알아."

박재진은 동료가 생겼다고 생각하는지 반갑다는 표정으로 경용을 봤다.

*　　　　*　　　　*

며칠 후, 한겸은 대만에 도착해 촬영 현장을 살펴보던 중이었다. 현장은 세트장이 아닌 빌딩의 높은 층을 빌렸고, 그곳을 가정집처럼 꾸며서 촬영할 생각이었다. 촬영해야 할 부분은 대만의 아파트와 비슷한 분위기로, 이미 공사가 완료된 상태였다.

"대만인 거 보여주려면 창가 쪽 배경으로 한 컷은 나와야 되는데 날이 흐리냐. 일주일 촬영이니까 하루는 맑겠지?"

범찬의 걱정스러운 말에 한겸은 웃으며 고개를 끄덕거렸다. 이번 촬영에는 범찬뿐만이 아니라 종훈과 수정까지 모든 기획팀이 참여했다. 게다가 방 PD와 소품 팀까지 함께하다 보니 인원이 상당했다.
그때, 수정이 창가에 서 있던 범찬을 보며 한마디 했다.

"최범찬! 밖에 좀 그만 보고 사진 빨리빨리 찍어."
"한강 말고 여기도 괜찮은 거 같고."

"사진이나 찍으래도. 그래야지 이따 배경 찾을 거 아니야! 그래야 윤 프로님한테 보내주지."

"아! 윤 프로님이 빨리 정해줬으면 좋겠다. 안 그러면 대만까지 와서 합성 노예 짓 해야 되잖아."

"그러니까 빨리 사진이나 찍어. 그게 네 꿈에 한 발 더 다가가는 거야."

"오! 그렇지!"

한겸이 팀원들을 모두 데려온 이유가 이것이었다. 윤선진에게 사진을 보내고 윤선진의 의견과 팀원들의 의견을 종합해 박재진의 사진을 합성시킬 계획이었다. 물론 당장 색이 보이지 않을 수는 있지만, 색을 볼 확률이 올라갈 것이었다.

다들 고생을 해야 된다는 것을 알고 있었지만, 표정은 밝았다. 기획 팀뿐만이 아니라 모든 스태프들이 고생하고 있음에도 힘들어하는 기색은 없었다. 오히려 재미있어하고 있는 표정들이었다. 특히 방 PD는 여기저기 참견하고 다니고 있었다.

"옷 전체를 거는 거보다 그냥 칼 하나만 딸랑 놓은 게 더 낫지 않아?"

"옷걸이라면 모를까 TV 옆에 칼 있는 게 이상하죠!"

"그래? 앵글에 들어오려면 TV 옆이 가장 적당한데."

"쉽게 못 알아차리게 놓아야죠. 이건 대놓고 알려주는 거잖아요."

"너무 숨기다가 아예 못 알아보면 그것도 문제잖아. 딱 알아봐야지 사람들 반응이 빡! 하고 나오잖아."

"이거 김 프로님이 시키신 거예요."

"아, 그랬어?"

옆에서 지켜보던 한겸은 피식 웃었다. 그러자 그 모습을 본 방 PD가 어색하게 웃으며 다가왔다.

"나도 알지. 그냥 반응을 빨리 보고 싶어서 그랬어."

"알아요. 저도 궁금해요."

"알아차리는 순간 빵 터지겠지. 오면서 봤잖아. 뭐 죄다 포청천 아니면 분마야. 실제로 봤는데도 실감이 안 나더라."

타이베이 공항에서 이곳으로 오는 동안 포청천과 분마를 셀 수 없을 정도로 봤다. 길거리 노점상부터 작은 가게들까지 너 나 할 거 없이 포청천을 붙여놓았다. 그런 가게들이 저작권을 구매했을 리가 없었다. 분명히 불법일 텐데도 포청천과 분마를 붙여놓은 걸로 봐서는, 그만큼 효과가 있다는 소리였다. 그 정도로 반응이 좋았다.

분마가 효과를 보는 이유 중에는 분마 영상이 티저라는 이유가 컸다. 분마가 아직 어떤 일도 벌이지 않은 상태이다 보니, 다들 분마의 행보에 관심을 보이고 있었다. 분마가 어떤 일을 할 거라는 내용으로 토론까지 벌어져 관심이 계속되었다.

사람들이 관심을 가지자 가게들은 분마 사진을 걸어두었고, 사람들은 그것을 보고 또 자연스럽게 분마를 떠올렸다. 대만 분트는 자신들에게 도움이 되는 일이었기에 건드릴 생각조차 없었다. 불법적으로 사용했다고 지적하기엔 그 수가 어마어마했기에 불가능하기도 했다.

다들 분마의 광고를 눈 빠지게 기다리고 있는 상태였다. 물론 분마의 후속 광고는 없었다. 대신 분마로 분장했던 박재진의 광고가 나올 것이다. 서로 다른 회사이지만, 마치 연결된 광고 같은 기획이었다.

대만 분트에서는 분마의 인기가 계속되길 바랐고, HT에서도 서둘러 분마의 인기를 이용해 이용자를 유입시키고 싶어 했다. 양쪽의 이해관계가 맞다 보니 예산 외적으로 엄청난 지원을 해 주고 있었다.

"아주 사람들 난리도 아닌 거 보면 나도 막 빨리 만들고 싶다니까. 그 임 프로? 그 사람도 회사에 반응 보고하느라 난리도 아니더만."

"이미 어느 정도는 알고 있었어요. 그래도 실제로 보니까 더 크게 느껴지는 거죠."

"아무튼 진짜 대단한 거 같아. 그런데 박재진은 언제 온대?"

"내일 오신대요."

"할 거 없어서 그런지 일찍 오네. 그럼 촬영 빨리 할 수 있겠는데?"

"예정에 맞게 해야죠. 그동안 좀 쉬려고 그러시나 봐요."

"와, 관광도 하고 좋겠다. 그런데 저렇게 유명한데 관광은 할 수 있으려나 몰라."

"방 PD님도 세트장 확인만 하시고 관광하세요. 어차피 다음 주에 촬영인데요."

"안 부를 수 있다고 장담해?"

"그건 못 하죠."

"그러니까 못 가지. 사실 가고 싶은 생각도 없어. 사람들이 광고 보고 어떤 반응 보일지 궁금해서 잠도 안 온다. 내가 이런 적이 없었거든. 그런데 이번 거는 너무 재미있을 거 같아."

대만 분트에서는 광고 성공에 대한 포상이라는 듯 촬영 팀의 대만 관광을 지원해 주었고, HT에서는 컨디션 관리를 위해서인지 대만에 있는 동안 모든 스태프의 식사를 책임졌다. 덕분에 대만에 나와서도 한국에 있는 것처럼 식사를 하고 있었다.

방 PD와 대화를 나누고 있을 때, 수정이 갑자기 다가왔다.

"둘 다 일 안 하고 뭐 해?"

"일에 대해서 얘기하고 있었지. 무슨 말을 그렇게 섭섭하게 해."

"다 들리거든. 그만 놀고 이 사진이나 봐. 임 프로님이 그러는데 윤 프로님이 가구 배치가 마음에 안 드셨나 봐. 그림으로 그려서 보내주셨어."

"소파가 아니네?"

"나도 그래서 물어봤더니 윤 프로님이 그러시던데. 자기가 옷이 엄청 많아서 정리를 하는 중이라면 일단 옷방에서 옷을 가져와 바닥에 쏟아놓고 하지 소파에 앉아서 하나씩 정리하진 않을 것 같다고."

"맞네. 소파에서 하면 깔짝대는 것처럼 보이겠네."

"그러니까 집에서 빨래라도 좀 개고 해. 그래야 알지."

방 PD는 아예 들은 척도 하지 않고 그림을 보는 척했고, 한겸은 그런 방 PD를 보며 피식 웃었다. 한 명 한 명의 의견이 모아질수록 완성도가 점점 올라가는 기분이었다. 그리고 이번에는 음악까지 자신 있다 보니, 한겸은 촬영이 기다려졌다.

*　　　*　　　*

며칠 뒤. 한겸은 촬영도 시작하기 전에 박재진의 기사를 접하게 되었다. 며칠 전 박재진이 대만으로 오자마자 기사가 나오기 시작했다. 그런데 라온에서 정보를 주지 않아서인지 대부분이 추측성 기사들이었다.

"또 기사 보세요?"

"벌써 한국에 기사가 많이 나왔어요. 재미있네요."

"내가 연예인 생활을 한 30년 했는데 기자들은 아직도 익숙해지지가 않아요. 도대체 무슨 정보를 듣고 저런 말을 하는 거지?"

"다 그런 건 아니잖아요. 얼마 전에 저희 취재해 주신 기자분은 좋던데요."

촬영을 하기 위해 현장에 온 박재진은 웃으며 고개를 끄덕거렸다. 취재도 하지 않고 퍼 나르는 기자들 때문에 제대로 된 취재를 하는 기자가 욕먹고 있는 걸 오랜 경험으로 알고 있었다. 하지만 지금의 기사들은 전부 추측이었다.

"무슨 대만 분마 후속편을 촬영하러 간다는 건지."

"어떻게 보면 맞는 말이죠. 분마의 일상편 정도?"

"듣고 보니 그런 거 같기도 하고? 그래도 확인을 하고 내보내야죠. 새해까지 촬영한다는 건 어떻게 알고!"

"올해 며칠 안 남았으니까 그랬겠죠."

"아무튼 그 기사들 때문에 대만 방송국에서 취재 요청 엄청 보내잖아요. 경용이랑 관광 좀 하면서 힐링하려고 했는데 호텔에만 박혀 있을 줄 알았으면 천천히 올 걸 그랬어요."

"그거 아니더라도 관광하기 힘드셨을걸요. 대만 도착했다고 SNS에 엄청 돌고 있어요."

"휴, 알죠. 아무리 생각해도 신기하단 말이에요. 저 좋다고 하는 팬들 보면 막 10대도 있고 그래요. 자기네 부모보다 나이 많은 사람이 뭐가 좋다는 건지."

한겸이 피식 웃자, 옆에 있던 방 PD가 웃으며 대화에 끼어들었다.

"이번에 촬영하면 더 많아지실 건데? 김 프로, 안 그래?"

"생각대로만 나오면 그럴 거 같아요. 광고를 보고 분마라는 걸

추측할 수 있으니까 더 많아지겠죠? 게다가 좋은 일도 하신다면서요."

"기부요? 플리 마켓 광고 찍는데 그냥 하면 좀 그럴 거 같아서요. 회사에서도 같이하는 거죠."

"아마 광고 나가고 기부했다는 사실도 알려지면 지금보다 훨씬 인지도가 올라갈 거예요."

"와… 살짝 겁나는데요? 그동안 촬영하면서 이렇게까지 말씀하신 적은 없었는데……."

"시간이 많이 있었잖아요. 촬영 기간도 넉넉하게 잡았고요. 그럼 대사부터 확인해 볼까요."

대본을 들고 있는 한겸을 본 박재진은 피식 웃었다. 대화를 나눌 때는 크게 관심이 없는 것처럼 느껴졌는데 광고에 대한 얘기를 하는 순간 사람이 변했다. 저런 모습 때문에 준비를 잘할 수밖에 없었다. 박재진은 그동안 준비해 온 대사를 뱉었다. 한겸이 알려준 대사는 얼마 되지 않았지만, 어떤 일이 발생할지 몰랐기에 스스로 준비한 대사들도 있었다. 그 모든 것들을 최대한 현지인처럼 들리도록 준비해 왔다.

박재진의 대사를 들은 한겸은 만족한 듯 입을 열었다.

"진짜 대만 사람 같아요. 스페인어도 그러더니 언어 능력이 진짜 뛰어나신 거 같아요."

"푸하하, 거의 한 달 동안 이것만 배웠는데 당연하죠. 이상하게 대사 치면 계속 같은 장면만 찍으실 거잖아요."

박재진의 농담에 한겸도 피식 웃었다. 몇 번의 촬영을 하다 보니 서로를 조금씩 알게 되었고, 그만큼 현장이 편하게 느껴졌다. 오직 한 사람만 빼고.

박재진은 웃다 말고 구석에서 장비를 설치 중인 경용을 고갯짓으로 가리켰다.

"벌써부터 준비 안 해도 된다니까 저러네. 저렇게 하다가 반나절 만에 퍼질 거 같은데, 김 프로님이 긴장 좀 잘 풀어주세요."

한겸도 웃으며 경용을 봤다. 그나마 안면이 있던 범찬이 도와주고 있는 상태였다. 첫 촬영이었기에 볼 영상이 없어 곡이 나올 수가 없었다. 그런데도 현장 구석에 곡을 만들 수 있는 간단한 장비들을 설치해 놓고 있었다. 한겸으로서는 반가운 소식이었기에 말릴 생각은 없었다. 그저 긴장을 조금 풀어줄 생각이었다.

"그럼 촬영 시작할까요? 방 PD님, 촬영 들어가도 돼요?"

"어, 다 끝났어. 분마 복장이나 한번 확인해 봐."

한겸은 고개를 끄덕이고는 세트장에 숨겨놓은 분마 복장을 점검했다. 박재진이 옷을 빼 와야 하는 옷방에는 모자들이 있었다. 스페인 분마 때 사용했던 모자를 가장 밑에 깔아놓고, 그 위에 여러 개의 모자를 쌓아두었다. 그 모자를 숨기기 위해 상당히 많은 모자를 준비해야 했다. 그저 모자를 쌓아둔 것처럼 보이지, 스페인 분마의 모자라고는 쉽게 알아차리지 못할 것 같았다.

그 외에도 한국 분마 때 사용했던 삿갓이나 부채, 도포 자락부터 최근 촬영했던 대만 분마의 복장들까지 확인을 마쳤다. 그러자 방 PD가 곧바로 스태프들에게 사인을 주며 촬영에 들어갈 준비를 했다.

"일단 전체적으로 주욱 한 번 나갈 거지?"

"네. 시나리오는 많이 준비했으니까 전체적으로 촬영하고 수정을 하는 식으로 가요."

"오케이! 그럼 자리 잡아. 애들이 하도 많이 해봐서 그런지 모니터 앞에 네 자리 딱 마련했네."

한겸은 미소를 지으며 모니터 앞을 봤다. 그러고는 세트장으로 들어가는 박재진을 확인한 뒤 모니터 앞에 자리했다. 그러자 스태프들과 함께 있던 기획 팀원들이 옆으로 다가왔다. 그중 현장에 함께하고 있던 사무실 직원인 임 프로가 불안한 표정으로 조용하게 속삭였다.

"김 프로님… 확인한 거 맞아요?"

"뭘요?"

"저 사람 말이에요. 시나리오 보고 대충 만들었다고 하더라고요. 그래서 제가 들어봤는데 귀가 썩는 줄 알았어요."

"그래요? 영상 보고 만들라니까 뭐 하러 만드셨대."

한겸이 별걱정 없다는 듯 말하자 범찬이 끼어들었다.

"야, 그렇게 말할 게 아니야. 진짜 이상하다니까? 내가 이상한가 해서 수정이랑 종훈이 형도 들려줬거든. 둘 다 표정 봐라."

종훈과 수정 역시 아니라는 듯 고개를 저었다. 한겸은 그런 팀원들을 보며 피식 웃었다.

"걱정하지 말래도. 지금부터 만들어갈 거니까 날 믿어."

*　　　*　　　*

대만에서 작업을 시작한 지 수일, 기획 팀은 물론이고 촬영 스태프들도 처음 겪어보는 상황에 도무지 적응이 되지 않았다. 보통 광고를 만들 때 촬영부터 완료하고 거기에 맞는 음악을 고르거나 편집을 했다. 물론 부족한 부분이 있다면 추가 촬영을 하기도 했지만, 지금은 도무지 이해가 안 되는 상황이었다.

촬영을 하다 말고 잠시 휴식을 가졌고, 휴식을 가지던 중 갑자기 촬영을 시작했다. 경험이 많은 방 PD마저 이해할 수 없다는 표정으로 혼자 바쁜 한겸을 쳐다봤다. 그러자 수정이 웃으며 입을 열었다.

“아빠, 이해하려고 하지 마.”

“이상하네. 지금까지 촬영하면서 이런 적 없었거든. 김 프로 왜 저러는 거야?”

“잘 만들려고 그러는 거 같아.”

“지금까지 잘 만들었잖아.”

“더 잘 만들고 싶다는 거겠지. 윤 프로님 광고 보고 자극받았나 봐.”

“그래? 그래도 이건 너무 이상한데. 첫날에는 아무 말도 없이 주욱 찍었잖아.”

“아무 말도 없진 않았지. 중간중간 다시 찍느라 오래 했잖아. 박재진 씨 포즈만 엄청 바꾸던데.”

“네가 지금까지 현장에 없어봐서 그렇지 그건 오래도 아니야. 음, 이상해. 첫째 날은 잘 넘어가더니 저 사람이 노래를 만든 순간부터 이상해졌어. 영상을 보고 노래를 바꾸고, 노래를 듣고 영상을 바꾸고. 내가 아주 정신이 없어.”

한겸이 가장 먼저 한 일은 시나리오대로 영상을 제작한 일이었다. 배경은 대부분이 회색이었고, 모델인 박재진은 대부분 노란색이었다. 준비를 많이 했던 덕분에 모델인 박재진이 상당 부분 노란색으로 보였다. 그리고 그 영상을 바탕으로 경용이 BGM을 만들었다. 그럼 한겸은 다시 BGM을 영상에 넣어서 확인했고, 색이 보이지 않는 부분은 음악을 바꿔보기도 하고 촬영을 다시 하기도 했다.

지금까지와는 제작하는 방법이 확실히 달랐지만, 스태프들은 아무런 말도 하지 않았다. 한겸의 말대로 하는 것이 확실히 느낌이 더 좋았다. 그러다 보니 다들 신기하게 지켜보고 있었다. 특히 박재진은 재미있다는 듯이 한겸을 쳐다봤다.

"용진 씨, 노래 들어봤지?"

"네, 이거 진짜 좋던데요. 딱 제 취향이에요."

"진짜 좋은 거 같은데. 가사 있으면 음원 내도 되겠어. 광고도 길어서 음원 내도 문제없겠어."

"한번 내시죠. 형님이 노래 부르시면 정말 좋을 거 같습니다!"

"에이, 됐어. 이건 좀 젊은 애들이 불렀으면 좋겠다."

"형님도 잘 어울리실 거 같은데요? 그런데 전 그 앞부분이 전 진짜 좋더라고요. 막 곤란하다는 느낌을 주면서 귀엽게 들려요. 형님 연기하고 진짜 잘 어울리더라고요. 그리고 그 마지막, 형님이 대사 치기 전에 나올 때도 좋더라고요. 잔잔하면서도 막 설레는 느낌도 들던데요? 듣고 있으면 기분 좋아지는 것 같더라고요."

"네가 말한 부분이 전부 김 프로가 바꾸라고 한 곳이네."

"네, 엄경용 씨가 만든 것도 괜찮았는데 김 프로님이 말해서 바꾼 게 더 좋은 거 같아요. 김 프로님은 진짜 못하시는 게 뭔지. 천재는 뭐가 달라도 다른가 봐요."

"분명히 음악을 잘 몰랐는데. 그동안 배운 거야, 아니면 진짜 천재인 거야?"

"배운다고 되는 게 아니잖아요. 확실히 일반 사람들하고는 조금 다른 거 같아요."

박재진은 무척이나 신기하다는 듯 한겸을 지켜봤다. 그때, 한겸이 자리에서 일어났고, 그 모습을 본 스태프들이 곧바로 촬영 준비를 시작했다. 그 모습을 본 한겸은 어색하게 웃으며 손을 저었다.

"잠시 쉬고 계세요. 우리 팀은 모여봐! 중간 신 좀 변경해 보자! 방 PD님도 같이요."

한겸이 쉬고 있으라고 했음에도 스태프들은 한겸의 말이 끝나기 무섭게 구석으로 자리를 옮겼다. 거의 모든 스태프들이 몰려들어 경용을 에워쌌다. 그중에는 박재진도 껴 있었다. 박재진은 스태프들을 보며 헛웃음을 뱉었다.

"이 정도 반응이면 이거 진짜 음원 내야 해. 경용아, 한번 들려줘 봐."

"중간 부분은 아예 들어내고 다시 할 수도 있다고 했어요. 노래도 다시 만들고 촬영도 다시 하고요."

"왜? 좋기만 한데."

"저도 모르겠어요. 제가 잘못 만든 건지 아니면 영상이 완성도가 떨어지는 건지."

"그래도 바뀐 부분 있을 거 아니야. 다들 기다리는데 한번 들려줘 봐."

경용은 스태프들을 쳐다보고선 멋쩍게 웃었다. 자신이 만든 곡을 기다릴 정도로 좋아해 주는 사람들은 처음이었다. 경용은 노래를 재생시켰고, 스태프들은 미소를 지으며 좋아했다.

"이 앞부분 너무 좋아! 막 골려주고 싶은 그런 느낌까지 들어!"

"나도요! 이거 영상으로 보면 박재진 씨가 진짜 귀엽게 느껴진다니까요. 옷 처리 어떻게 하나 곤란해하는 표정하고 너무 딱 어울려요."

"이건 무슨 뮤직비디오를 만드는 건지, 광고를 만드는 건지 구분이 안 될 정도네."

바로 옆에서 그 말을 들은 박재진은 자신도 모르게 얼굴을 쓰다듬었다. 중년에 귀엽다는 말을 들을 줄은 꿈에도 몰랐다.

한편 한겸이 불러 따로 자리한 방 PD와 기획 팀원들은 곤란한 표정이었다.

"여기 옷 뒤적거리는 부분만 벌써 몇 번이나 바꿔. 오늘 하루 종일 촬영한 게 이 부분이잖아. 그런데 아예 변경하자고?"

"여기가 이상해. 바꾸는 게 맞는 거 같아."

"난 지금도 충분히 좋은데. 재진 형님도 더 이상 나올 포즈도 없어. 다들 안 그래요?"

"나도 범찬이 말대로 좋은 거 같은데."

"이번엔 나도 최범찬 말에 동의. 다음 장면하고 연결 신이라 여기 바꾸면 뒤에도 싹 다 바꿔야 해."

한겸은 난감하다는 듯 한숨을 뱉었다. 중간 부분에서 박재진이 몇 초가량 회색으로 보였다. 온갖 포즈를 다 취해봤고 소품들도 변경을 해봤지만 그 부분만큼은 회색이었다. 혹시나 음악을 바꾸면 보이지 않을까 하는 생각에 음악도 바꿔봤지만, 아무런 소용이 없었다.

이번 광고 전체에서 색이 안 보이는 건 아니었다. 중간중간 회색으로 보이는 부분이 있었지만, 상당히 많은 부분에서 색이 보였다. 색이 점점 많아질수록 한겸도 욕심이 점점 늘어났다. 조금 더 많은 부분에서 색이 보이게 만들고 싶은 생각이었다.

"후, 이 부분은 그냥 넘겨야 되나? 방 PD님은 어떻게 보세요?"

"나도 지금 충분히 좋은 거 같은데. 박재진 연기도 자연스럽고. 찍으면 찍을수록 더 잘하는데 몇 번 더 해봐. 연기가 이상해서 김 프로가 이상하다고 느끼는 걸 수도 있으니까."

"그런가."

"김 프로 촉이 좋잖아. 그래도 여기에 너무 매달리면 우리 일정 못 맞출 수 있다는 것도 염두에 두고. 우리 내일모레 돌아가야 해."

"하아. 일주일이 이렇게 짧구나."

"뭐……? 누가 광고 촬영을 일주일이나 해. 지금 하는 일주일도 놀라 자빠질 일인데! 보통 힘주는 부분만 빡 촬영하고 끝내고 말지."

"잘 만들면 좋잖아요."

한겸은 어쩔 수 없다는 듯 고개를 끄덕이고는 입을 열었다.

"그럼 한 시간만 더 촬영해 보죠."

"한 시간이나?"

"네, 이번에 끊지 말고 가봐요. 어차피 옷 정리하는 부분이니까 그 부분만 반복해서 담아보죠."

"그러네. 어차피 앉아서 계속 옷만 개는 거니까. 그게 낫겠다. 박재진도 편하게 하라고 하고."

"그럼 시간도 없는데 바로 하죠."

한겸은 시간을 확인한 뒤 곧바로 자리에서 일어났다.

*　　　*　　　*

세트장 안에 자리 잡은 박재진은 계속해서 옷을 갰다. 옷을 다 개면 스태프들은 다시 헝클어뜨리는 일을 반복했다. 뒤섞은 옷들 사이에 분마의 복장도 섞여 있었기에 자연스럽게 보이도록 숨기는 일도 쉽지 않았다. 그래도 가장 힘든 이는 박재진이었다.

플리 마켓에 올릴 생각에 들뜬 표정을 연기해야 했다. 같은 장면만 촬영하고 있었기에 같은 표정을 유지해야 했다. 그럼에도 박재진은 최선을 다해 연기하고 있었다. 그 모습 때문인지 현장에서 한겸은 악역이 되어 있었다. 그때, 팀원들이 모니터 옆에 모여들었다.

"겸쓰, 그만하지? 눈빛들 봐. 다 박재진 씨 짠하게 보잖아. 이러다가 노동 착취로 고소당한다?"

"한겸아, 아직도 고를 게 없어?"

"노래를 바꿔보는 게 어때?"

한겸도 박재진이 고생하고 있다는 걸 알기에 즐겁지만은 않았다. 그렇다고 완성된 영상도 없는데 노래를 바꾸는 것도 아니라고 생각했다.

'더 좋은 장면은 없을 것 같은데 도대체 뭐가 문제지. 내가 봐도 자연스러운데.'

한겸은 한숨을 크게 뱉었다. 그때, 박재진이 같은 표정을 짓느라 얼굴이 당겼는지 입을 벌리며 안면 근육을 풀었다.

"힘드시죠?"

"김 프로님하고 일하는 게 하루 이틀인가요. 힘든 거보다 계속 이러고 있으니까 지루해요."

박재진은 분위기를 풀기 위해 농담으로 말했다. 하지만 박재진의 말을 들은 스태프들은 한겸을 더 안 좋은 눈빛으로 봤다. 눈치가 빠른 한겸도 다 느껴졌지만, 이대로 멈추기에는 너무 아쉬웠다. 약속한 한 시간만 채워보고 그래도 안 되면 다음으로 넘어가야겠다고 생각했다. 그때, 수정이 박재진에게 말했다.

"지루하시면 음악이라도 틀어드릴까요?"
"어! 좋은데요! 경용아, 네가 만든 음악 좀 틀어줘. 다른 거 말고 지금 광고음악으로! 방 프로님, 괜찮죠?"
"네, 괜찮아요."

한겸도 고개를 끄덕거렸다. 어차피 동시녹음과 더빙을 섞어서 했기에 큰 문제는 없었다. 지금은 박재진이 원하는 대로 맞춰주는 것이 훨씬 나았다. 잠시 뒤, 스피커에서 음악이 흘러나왔고, 박재진은 음악을 들으며 또다시 옷을 개기 시작했다. 그와 동시에 한겸도 모니터에 얼굴을 묻었다. 그때, 옆에 있던 범찬이 따라 앉으며 입을 열었다.

"노래 하나는 기가 막히네."
"믿으라고 했잖아."
"뭘 믿어. 노래는 저 사람이 다 만들었는데."
"같이 만든 거나 다름없지."
"어우, 뻔뻔해. 내가 못 봤으면 믿을 뻔했다. 네가 한 말이라고는 이건 아닌 거 같은데요, 그거밖에 더 있어?"

"그게 프로듀싱이란 거야."

"어휴, 그러셔요. 그러다가 작곡가에 이름도 올리시겠어."

"그건 아니지. 프로듀싱에 올리면 모를까."

범찬은 기가 막히다는 표정으로 한겸을 봤다. 진심인지 농담인지 구분이 안 될 정도로 너무 뻔뻔한 표정이었다. 진짜인가 싶어 물어보려 할 때, 한겸이 조용하라는 듯 인상을 쓰더니 모니터와 박재진을 번갈아 봤다.

"왜?"

"쉿!"

"뭔데? 갑자기 뭔데?"

"아, 쉿이 속삭이라는 게 아니라고."

한겸은 범찬에게 됐다는 듯 손을 흔들고는 곧바로 박재진을 향해 소리쳤다.

"지금 뭐 하신 거예요?"

"네? 내가 뭘 했어요?"

"안 하셨어요? 이상하네."

갑자기 촬영을 중단시킨 한겸에게 모두의 시선이 집중되었다. 그럼에도 한겸은 무언가를 찾았다는 표정으로 방 PD에게 급하게 물었다.

"조금 전에 장면만 돌려볼 수 있어요?"
"방금 전에?"
"네, 지금 바로 전에요."
"보여줄게. 기다려 봐."

방 PD도 그동안의 경험으로 한겸이 무언가 발견했다는 것을 바로 알아차렸다. 오히려 한겸보다 더 기쁘다는 표정으로 서둘러 확인하기 시작했다.

"여기부터 맞아?"
"네, 여기부터 봐도 될 거 같아요."

한겸은 자신이 본 게 맞는지 확인하기 시작했다. 그리고 잠시 뒤, 한겸이 모니터를 보며 고개를 갸웃거렸다.

"여기 박재진 씨 뭐 하는 거 같은데, 소리 키울 수 있어요?"
"여기 대사 없는 부분이라 녹음 안 했는데. 어차피 BGM만 들어갈 거라서. 입 모양 보면 휘파람 불었나?"

한겸이 보기에도 입을 오므리고 있는 게 휘파람을 불고 있는 것처럼 보였다.

"박재진 씨! 혹시 휘파람 부셨어요?"

"음? 모르겠는데요. 그냥 노래 듣고 있었는데. 내가 불렀나?"

한겸은 몇 번이나 화면을 확인하고는 미소를 지었다. 박재진도 모르는 사이 휘파람을 분 것이 확실했다. 지금부터는 휘파람을 어떻게 불렀는지 확인을 할 차례였다. 한겸은 미소가 가득한 표정으로 경용에게 말했다.

"이 장면에 들어가는 음악만 계속 반복해서 틀어주실래요? 박재진 씨는 거기에 맞춰서 휘파람 불어보세요. 음향감독님도 여기는 녹음 좀 해주세요."

*　　　*　　　*

일정의 마지막 날까지 촬영은 계속되었고, 한겸은 끝까지 모니터 앞에 앉아 같은 작업을 계속했다. 광고를 지금 이대로 내놓아도 충분하다고 생각하던 스태프들도 한겸이 바꾼 장면을 본 뒤로는 별다른 말이 없었다. 박재진을 안쓰럽게 보던 스태프들도 지금은 그렇지 않았다. 단지 범찬만이 시계를 계속해서 확인중이었다.

"이제 더 이상 바꿀 시간도 없어! 계속 이렇게 바꾸면 한도 끝도 없다니까."

"그렇겠지?"

"그렇다니까. 내일 바로 한국 가는데 정리할 시간도 좀 주고 해야지. 지금 10시야!"

한겸도 시간을 확인하고는 가볍게 고개를 끄덕거렸다.

"조금 아쉽네."
"뭐가! 도대체 뭐가 아쉽다는 거야?"
"시간 말이야. 시간이 조금 더 있었으면 좋았을 거 같은데."
"야, 우리처럼 하면 광고 예산이 제작비로 다 나가. 그럼 광고 못 내보내고 우리끼리 보는 수가 있다고."

한겸은 어깨를 으쓱거리고는 방 PD를 보며 입을 열었다.

"여기서 끝내죠."
"그럴까? 어후. 난 내가 영화 찍는 줄 알았다. 영화도 한 장면에 이렇게 공을 들이진 않을 거야."
"고생하셨어요. 박재진 씨도 그만 나오세요. 경용 씨도 고생하셨어요. 그리고 스태프분들 정말 고생하셨습니다."

스태프들은 끝이라는 말에 홀가분한 표정으로 서로 수고했다며 인사를 나눴다. 세트장 안에 있던 박재진도 홀가분한 표정으로 세트장에 드러누웠다. 그러고는 누운 채 크게 외쳤다.

"용진 씨! 끝났어! 준비해!"
"네! 바로 들고 오면 돼요! 지금 가져올까요?"

갑자기 외친 박재진의 말에 다들 의아한 표정으로 박재진을 봤다. 그러자 박재진이 앓는 소리를 하며 몸을 일으켰다.

“어우, 눕고 싶어 혼났네. 다들 왜 그렇게 봐요?”
“혹시 쫑파티 준비하셨어요? 그거 오늘 HT에서 준비했다고 했는데요.”
“그건 그거고. 오늘이 무슨 날이에요. 2020년의 마지막 날인데! 당연히 기념해야죠.”

그때, 매니저 용진을 필두로 박재진의 스태프들이 양손 가득 무언가를 들고 왔다. 그중 용진은 케이크까지 들고 왔다.

“케이크는 이따 12시 되면 불 켜고, 일단은 이것들부터 먹자고요! 제가 쏘는 겁니다!”
“와! 이게 다 뭐예요! 다 만두네! 딤섬인가?”
“오리도 있네요! 감사합니다!”

다들 박재진의 스태프들이 들고 온 음식들을 받아 들었다. 보통 이런 것은 광고대행사에서 마련하는 일이기에 한겸은 멋쩍게 웃었다. 사무실 직원인 임 프로 역시 무척이나 당황한 표정이었다.

“김 프로님… 죄송합니다. 이걸 저희가 준비했어야 했는데. 저희는 HT에서 준비해 준다는 말 듣고 따로 준비를 안 했습니다. 이거 박재진 씨한테 미안해서 어쩌죠?"

"어쩔 수 없죠. 이렇게 바로 할 줄은 몰랐어요."

한겸은 어색한 미소를 지으며 박재진에게 다가갔다.

"저희한테 말씀하시면 준비했을 텐데."

"누가 준비하면 어때요. 사실 별것도 아니에요. 그동안 저 촬영하느라 고생하신 스태프들에게 보답하는 거죠! 그동안 다들 대만에 있는지 모를 정도로 한식만 먹었잖아요. 관광하면서 드신 분들도 있겠지만! 그래도 제대로 된 현지 음식을 좀 먹게 해 주고 싶어서 몇 가지 준비했어요. 식어서 맛이 있으려나 모르겠네."

"감사합니다."

"감사는 제가 해야죠. 일단 요기부터 좀 하죠, 하하."

한겸은 박재진과 함께 음식 앞으로 자리를 옮겼다. 얼마나 음식이 다양한지 준비를 하는 데도 힘들었을 것 같았다. 그때, 용진이 한겸에게 젓가락을 건넸다.

"면 같은 거는 불어서 간단한 걸로 준비했어요. 드셔보세요."

"감사해요."

용진은 기획 팀원들에게도 젓가락을 나눠 주었고, 한겸은 그런 팀원들을 살폈다. 자신과 마찬가지로 조금 미안해하는 표정이었다.

"사 오신 거니까 일단 먹자."
"그래야지? 다음에는 우리가 확실하게 준비할게요!"

그 말을 시작으로 식사가 시작되었다. 다양하고 넉넉하게 준비한 덕분에 스태프들은 즐거워하며 식사를 했다. 그러던 중 범찬이 갑자기 종훈에게 물을 건넸다. 범찬이 그럴 사람이 아니었기에 한겸은 의아해하며 쳐다봤다.

"형, 천천히 드세요."
"갑자기 왜 그래? 나한테 뭐 잘못했어?"
"그게 아니라 이제 몇 시간 지나면 형 서른 살이잖아요. 혹시 나이도 많은데 급하게 먹다 체하면 어떡하려고 그래요."
"야 이… 놀리려고 물 준 거네."

역시 범찬다운 행동에 한겸은 피식거리며 웃었다. 그때, 박재진이 약간 놀란 얼굴로 입을 열었다.

"범찬이 넌 몇 살인데?"
"저희 이제 27살 되죠."
"뭐? 그런데 나한테 형님이라고 그런 거야? 난 최소 서른은 넘은 줄 알았네. 그래서 김 프로랑 방 프로 보고 동안이구나 생각했었어. 이야, 그러고 보니까 경용이도 이번에 27이지?"
"네, 선배님. 이제 27살 되죠."

언급이 안 된 종훈은 멋쩍게 웃고만 있었고, 졸지에 노안이 되어버린 범찬은 인상을 찡그리고 있었다. 범찬은 다들 웃는 게 못마땅한지 경용을 보며 말을 돌렸다.

"27살? 동갑이었네요?"
"그러네요."

한겸은 범찬을 보며 고개를 저었다. 딱 봐도 친구 하자고 할 기세였기에 범찬을 말리려 할 때, 박재진이 웃으며 먼저 말을 꺼냈다.

"얘가 많이 딱딱해. 내가 형이라고 부르라고 해도 꼬박꼬박 선배님이라고 불러."
"어? 누구랑 똑같네?"
"하하, 나도 그 얘기 했어."

자신의 얘기를 하고 있다는 걸 안 한겸은 가볍게 웃었다. 어느새 대화의 중심이 자신이 되어버렸다.

"그래도 겸쓰는 일 끝나면 편하게 지내던데요?"
"그래?"

"분마 만든 애가 나이가 고등학생이거든요. 승기라고. 그런데도 승기 씨, 승기 씨. 계속 그랬어요. 그리고 일 끝나니까 편하게 부르더라고요."

"그럼 우리도 일 끝났는데 나하고도 편하게 지내면 되겠네."

박재진은 한겸을 보며 웃었고, 한겸 역시 웃으며 입을 열었다.

"일을 하면 선을 지켜야 할 때가 있어서 그래요."

"지금 우리 끝났잖아."

"앞으로 저희하고 안 하실 거예요? 저는 앞으로도 꽤 많이 할 거 같은데요. 그리고 경용 씨하고도요."

한겸의 대답에 박재진은 머쓱하게 웃었다.

"알죠. 사실 나도 이게 편해요. 형님 동생 이래 버리면 지시할 때도 조심하게 되고 그런 건 있죠. 하하! 그냥 김 프로님도 곤란해하는지 궁금해서 한 말이에요."

"형님이 잘 몰라서 그래요. 광고 만들 때나 까탈스럽지 평소에는 얘도 보통 사람들하고 똑같아요. 보통 사람들보다 조금 더 자신감 있는 정도?"

대화를 듣고 있던 경용이 고개를 저으며 입을 열었다.

"음악도 잘 아시는 거 같은데요."

"그게 광고음악이라서 그렇지 다른 음악은 영……."
"그게 가능한가요?"
"경용 씨도 영상 봐야지 음악 나오잖아요. 비슷한 거 같은데."
"그렇군요… 전 제가 이렇게 좋은 곡을 쓰게 될 줄은 몰랐어요. 항상 미완성이거나 남들이 싫어했는데, 김 프로님 말대로 하니까 진짜 곡이 바뀌더라고요."
"겸쓰가 뭐라고 했어요?"
"이 부분은 아닌 거 같다고만 하시긴 했는데. 저도 영상을 다시 보고 나면 아닌 거 같더라고요. 그래서 바꾸면 그게 훨씬 좋았고요. 제가 놓친 부분이 있을 때마다 제대로 알려주시더라고요. 말씀하시는 거 보면 음악을 전혀 모르시는 거 같은데 진짜 감이라는 게 다른 사람이 존재하는구나, 김 프로님 보고 느꼈어요."

다들 한겸을 신기하게 쳐다봤고, 한겸은 자신에게 집중되는 분위기가 어색해 괜스레 음식만 입에 넣고 있었다. 그저 박재진이 노랗게 보이는 영상에 음악을 넣었고, 그런데도 색이 보이지 않았을 때만 음악을 변경하자고 말했었다. 그때, 박재진이 웃으며 입을 열었다.

"하여튼 대단하시다니까. 그런데 이 곡, 너무 아깝지 않아요?"
"뭐가요?"
"광고음악으로만 듣는 거요. 1등 해본 가수의 감으로는 이거 분명히 대박 곡이거든요. 가사가 없는데도 흥얼거릴 정도인데 가사만 붙이면 대박 같은데."

박재진의 말에 스태프들 전부가 동의했다. 조금씩 바뀌긴 했지만 일주일 내내 같은 노래만 들으면 지겨울 만도 했는데 전혀 그렇지 않았다.

"맞아요! 이거 음원으로 나오면 계속 들을 거 같은데요!"
"저도요. 자꾸 박재진 씨 연기랑 오버랩 되면서 흥얼거리게 되더라고요."

스태프들의 말을 듣자 한겸도 궁금해졌다. 물론 듣고 싶다는 의미가 아니라 전혀 다른 의미였다.

'광고 없이 음원만 나와도 성공할 수 있나? 그럼 광고에도 도움이 될 건 맞는데. 광고가 뜨면 노래가 뜨는 건 당연할 거 같고.'

"겸스, 또 뭐 해. 메모지라도 줘?"
"응? 아! 아니야. 그냥 생각 좀 하느라."
"뭔 생각을 그렇게 골똘히 해. 얘기해 봐."
"음원을 내놓아서 성공하면 광고에도 도움이 되겠지?"
"빵 뜨겠지! 당연한 거 아니야?"
"음, 진짜 뜰 수 있을까?"
"형님이 뜬다고 했잖아."

한겸은 박재진을 쳐다봤다. 그러자 박재진이 자신 있다는 표정을 지으며 고개를 끄덕거렸다.

"진짜 좋다니까요."

"그런데 가사가 꼭 필요하나요? 광고에도 가사가 없는데 그냥 이대로 내보내는 게 낫지 않을까요?"

"에이, 가사가 있어야죠. 빵 뜨려면 가사가 있어야 해요. 공감되는 가사가 얼마나 중요한데요. 이렇게 보면 또 음악을 전혀 모르는 사람 같고."

"그럼 대만 가사로 불러야겠네요?"

"대만에도 내고, 한국에도 내고 그럼 되죠. 어차피 곡이야 다 듣는 건 금방이니까 가사 쓰고 녹음하면 끝이죠."

"광고 나오기 전에 가능해요?"

"가능할 거 같은데요?"

"그럼 노래는 박재진 씨가 불러주시는 거예요?"

"저요? 저보다 다른 가수가 낫지 않을까요? 좀 귀여운 느낌의 아이돌이라든지."

"박재진 씨가 가장 잘 표현할 것 같은데. 다른 사람이 하면 별로일 거 같아요."

가만히 듣던 박재진은 목을 긁적거리더니 입을 열었다.

"이상하게 엮이는 느낌이네."

"푸하하. 겸쓰가 그런 거 잘하거든요."

"그래? 아무튼 제가 불러도 되겠어요?"

"그게 좋을 거 같아요. 그전에 HT하고 확실히 얘기해야 될 거 같은데요."

"아! 광고음악이지."

광고를 목적으로 제작을 하면 비용을 지불하고 사 오는 것이었기에 저작권을 해당 회사가 갖게 된다. 하지만 지금 곡은 광고 시작부터 끝까지 나오기에 광고음악이라고 보기엔 굉장히 길었다. 한겸은 그 부분에 대해 얘기했다.

"마음 같아서는 음원으로 내놓고 곡 사용료를 내고 싶거든요. 그런데 냉정하게 보면 지금 저희는 HT의 대변인으로 나와 있는 거나 마찬가지예요."

"그렇죠."

"비용을 지불하고 온전히 HT가 가져야 하는 게 맞는 거 같은데, 경용 씨하고 하루 이틀 볼 게 아닐 거 같아서요. 그렇다고 원래 있었던 곡이라고 거짓말을 하면 나중에 HT가 알게 됐을 때 분명히 문제가 되거든요."

"아, 그러네요? 그렇다고 딱 봐도 성공할 곡을 넘기기에는 너무 아까운데. 경용이한테도 미안한 일이고."

"그래서 아예 대놓고 얘기를 하죠. 저작권은 경용 씨가 가져가겠다. 그 외에도 가수들 연주자들 나눠 갖는 거고. 대신 HT는 공짜로 쓰게 해주면 어떨까요? 곡 길이가 기니까 그만큼 비용을 많이 드려야 하는데 HT 입장에서는 그 비용을 절감할 수 있고요. 그리고 기존의 광고 삽입곡과 길이가 다르다는 걸 강조하면 받아들일 거 같기도 해요. 박재진 씨의 친한 후배라고 말하면서 박재진 씨가 직접 부른다면 더욱 환영할 것 같고요."

"제가 그럴 만한 파워가 있을까요?"

"당연히 있죠. 대만에서 느끼셨잖아요."

"어휴… 그런데 그렇게 하면 지금까지 한 일에 대한 돈은 못 받는다는 말씀이시죠?"

"아무래도 그렇겠죠. 저희가 가진 예산이 전부 HT에서 나온 거니까요. 그래야 저희도 할 말이 있을 거 같은데요. 그리고 경용 씨 돈은 음원 수익으로 벌 수 있을 것 같고요. 박재진 씨가 분명히 성공할 수 있는 곡이라고 하셨잖아요."

"어우… 뭔가 말을 잘못한 느낌인데."

박재진은 머리까지 긁적이더니 경용을 쳐다봤다.

"네 곡이잖아. 어떻게 했으면 좋겠어?"

"전 선배님이 불러주시면 음원 내고요. 아니면 김 프로님에게 맡기는 게 좋을 것 같아요."

"왜 다 나한테 넘기는 거야!"

박재진은 잠시 고민을 하더니 이내 한숨을 푹 뱉었다. 그러고는 한겸을 보며 입을 열었다.

"대만에 음원 내면 중국어로 노래해야겠죠? 아오. 그거 또 언제 외우고 있어."

*　　　　*　　　　*

한국으로 돌아온 한겸은 컨펌을 받기 위해 HT에 자리했다. 광고의 반 정도에서 색이 보였기에 Do It에서도 편집하는 시간이 줄어들게 되었다. 덕분에 결과물을 빠르게 확인할 수 있었다. 다만 한겸과 함께 자리한 임 프로는 이 상황이 적응이 되지 않는 것처럼 보였다.

"컨펌을 너무 빨리 잡은 거 아닐까요?"

"해야 할 게 많잖아요. 미리 얘기해 줘야 할 것도 있고요."

"그래도 원래 날짜보다 일주일이나 당겨서 하는 건 처음이라서요. 보통 광고주가 됐냐! 됐냐! 언제 되냐! 물어봐야 되는데 우리가 먼저 컨펌하자고 연락하는 게 영 이상하네요."

"HT에서 대충 만들었다고 생각할까 봐요?"

"에이, 광고 보면 그런 말은 안 하겠죠. 그런데 이렇게 빨리 하면 기대하는 게 커질까 봐 걱정이죠. 사람이란 게 그렇잖아요. 이 시간에 이 정도로 했어? 시간이 더 있으면 더 좋게 만들었겠는데? 이러면서 시간 좀 더 주고 더 좋게 만들어 오라는 게 보통이 바닥이잖아요."

"시간 있으면 더 좋게 만들 수 있었어요. 예산을 더 달라고 하면 되죠."

“어? 하하. 그렇게 말하면 HT도 할 말 없겠네요.”

한겸은 임 프로를 보며 미소를 지었다. 컨펌 날짜를 바꾼 이유도 광고의 완성도를 조금 더 올리기 위해서였다. 박재진이 회색으로 보이는 장면의 완성도를 조금이라도 높이기 위해 문구를 넣을 생각이었다. 물론 색이 보이지는 않겠지만, 최대한 완성도를 올리고 싶었다. 한국에 와서부터 지금까지 계속 그 작업을 하고 있었다. 아직 이렇다 할 변화는 없었지만 할 수 있는 건 전부 해보고 있었다.

‘반이 넘게 색이 보이니까 욕심이 생기네.’

한겸은 지금도 본부장을 기다리면서 장면에 들어갈 문구를 떠올리고 있었다. 그때, 황 과장이 무척이나 반가운 표정을 지으며 회의실로 들어왔다.

“어우, 임 프로! 오랜만이네. 연말인데 임 프로가 대만 가버려서 술 한잔도 못 했네. 대신 커피나 한잔하자고.”
“왜 또 갑자기 임 프로예요.”
“회사잖아. 괜히 거래처하고 말 트고 그러면 본부장한테 까여. 이제 준비 끝내고 올 거야. 참, 김 프로님도 새해 복 많이 받으세요.”
“네, 황 과장님도요.”

한겸은 임 프로와 무척이나 가까워 보이는 황 과장의 모습을 보며 피식 웃었다. 그때, 회의실 문이 열리면서 본부장을 필두로 해외 사업부 임직원들이 잔뜩 들어왔다. 그중에는 이제 HT의 본부장이 된 마리아톡의 권요셉도 있었다. 무척이나 반가워하는 모습에 한겸도 미소로 인사했다. 그사이 본부장이 앞으로 다가왔다.

"제작이 빨랐나 보군요."

"네, 아직 수정해야 될 부분은 있지만, 그래도 틀은 잡혀서요. 지금 확인을 하시는 게 좋을 것 같아서 왔습니다."

"우선 볼까요?"

시나리오로 컨펌을 받긴 했지만, 영상을 가지고는 처음이었다. 그러다 보니 HT 직원들은 크게 기대하는 얼굴은 아니었다. 본부장 역시 마찬가지였다. 다만 요셉과 황 과장만이 힘내라는 듯 파이팅 포즈를 하며 응원했다.

"마리아톡으로 광고할 때 3분 43초였던 걸 1분 정도 줄였습니다. 다른 설명은 전체적으로 보시고 난 뒤에 하겠습니다."

한겸의 말이 끝나자 임 프로가 곧바로 영상을 재생했다. 그러자 화면에 영상이 나오기 시작했고, 한겸은 직원들의 표정을 살폈다. 예상했던 반응과 한 치의 오차도 없는 반응에 한겸은 입을 가리고 조용히 웃었다.

모든 직원이 눈동자를 빠르게 움직이며 화면 전체를 살피느라 정신이 없었다. 그 이유는 범찬의 PPT 때문이었다. 아무런 정보가 없는 상태로 본다면 광고에 집중했을 텐데, 분마의 복장이 숨겨져 있다는 걸 알고 있으니 그 복장을 찾느라 정신없이 눈동자를 굴리고 있었다. 잠시 뒤, 광고가 끝나자 한겸은 웃으며 입을 열었다.

"아마 쉽게 찾기는 힘들 거예요. 이번에는 분마 복장을 찾으려고 하지 마시고 전체적으로 봐주세요."

한겸은 다시 광고를 처음부터 재생했고, 정곡을 찌른 한겸의 말에 직원들은 다들 멋쩍어하며 화면을 바라봤다. 본부장 역시 헛기침을 하고는 화면을 봤다.

정보를 담기 위한 광고이다 보니 길이가 긴 광고임에도 모두가 집중하며 쳐다봤다. 그렇게 한참이 지나 광고가 끝나자 본부장이 곧바로 입을 열었다.

"좋군요. 점검이라고 생각했는데 이미 완성이 된 상태군요."

"네, 여기서 약간의 수정이 있을 거예요."

"그런데 신기하군요. 마리아톡 광고와 비슷하면서도 전혀 지루하지가 않군요. 사실 지금 광고도 상당히 긴 편이라서 걱정했는데, 1분을 줄인 효과가 이렇게 큰 겁니까?"

한겸은 요셉을 보며 약간 미안한 표정을 지었다. 그러고는 곧바로 입을 열었다.

"그런 이유도 있지만, 예산이 달라서 제작비와 기간이 늘어나 세세하게 신경을 쓸 수 있었습니다."

한겸은 미안하다는 표정으로 요셉을 봤다. 지금 말한 것이 사실이긴 했지만, 일을 맡긴 당사자 입장에서는 기분이 나쁠 수도 있었다. 그런데 요셉은 오히려 엄지까지 치켜올리며 응원했다. 한겸은 멋쩍게 웃으며 말을 이었다.

"가장 큰 이유는 약간 지루할 수 있는 부분을 다른 부분으로 채웠다는 것입니다. 직접 느껴보시라고 저희가 또 준비했습니다."

비교를 위해 BGM이 없는 영상을 준비했고, 임 프로가 그 영상을 재생했다. 영상을 보고 난 뒤 직원들은 고개를 갸웃거렸다. 한겸은 그 모습을 보며 입을 열었다.

"차이점이 느껴지시죠. BGM 때문입니다. 저희가 이번에 제작한 광고에서 큰 비중을 차지하고 있습니다."

"오! 그러네요. 광고에서 멜로디만큼 중요한 것도 없으니까요."

"맞아요. 모델이 카피를 말할 때도 음을 넣어서 말하는 게 효과적이니까요. BGM도 현장에서 제작을 했습니다. 사실 그 문제로 드릴 말씀이 있습니다."

"무슨 문제가 있는 건가요?"

"저작권에 대한 이야기이니까 문제라고 볼 수도 있죠. 이 부분을 확실히 해두고 가는 게 좋을 것 같아서 얘기를 꺼냈습니다. 보통 광고음악으로 사용되는 경우 짧게는 6초, 길게는 18초 정도도 있습니다. 이런 곡들은 전부 작곡가한테 곡을 아예 구매하는 형식으로 진행이 됩니다. 그런데 이곡은 3분이나 되는 곡입니다. 요즘 나오는 노래의 길이와 비슷하죠."

본부장은 한겸이 어떤 말을 꺼내려는 것인지 대충 감이 잡혔다.

"그래서요?"

"저작권을 작곡가가 가져갔으면 합니다."

"우리 광고로 만든 음악을 말입니까? 원래 있던 음악이라면 모를까, 광고를 위해 제작된 음악을?"

"네. 대신 HT 광고에는 비용을 받지 않는 조건입니다. 그리고 광고가 나오기 일주일 전에 음원을 공개할 겁니다. 저희 C AD가 HT의 광고를 맡는 동안은 무료로 사용이 가능합니다. 광고든 홍보든 무료입니다. HT에서 계속 같은 광고를 내보낼 생각이 아니라면 좋은 조건이라고 생각합니다."

한겸의 말처럼 같은 광고를 끝까지 사용할 생각이라면 곡을 가져오는 게 맞았지만, 빠르게 돌아가는 시대에 몇 년 동안 같은 광고만 내보내는 건 말이 안 됐다. 게다가 무료로 사용할 수 있다니 HT에서는 전혀 손해 보는 장사가 아니었다. 다만 광고가 성공적으로 진행됐을 때 음원으로 벌어들일 수익이 아쉬웠다. 그때, 한겸이 말을 이었다.

"작곡가분이 박재진 씨가 아끼는 후배입니다. 그래서 HT에서 조건을 받아들이면 박재진 씨가 노래를 부르겠다고 했습니다. 그것이 아니라면 그냥 지금 상태로 내보내게 되겠죠. 노래로도 홍보할 수 있는 기회라고 생각합니다."

현재 대만에서 박재진의 인기가 하늘을 찌르고 있었다. 그런 박재진이 노래까지 부른다면 성공은 보장되어 있다는 생각이 들었다.

"지금 답을 드려야 하는 건 아니죠?"
"빨리 주시는 게 좋죠. 그래야 바로 작업에 들어가니까요."

본부장은 곧바로 직원들을 쳐다봤다. 다들 선뜻 의견을 내놓지 않았을 때, 구석에 자리하던 황 과장이 입을 열었다.

"저희가 조사한 바로는 지금 박재진 씨의 인지도가 상상을 초월하고 있습니다. 그런 박재진 씨를 계속해서 모델로 사용하려면 타협이 필요하다고 생각됩니다. 바로 앞의 이익 때문에 더 큰 이익을 놓칠 수 있습니다."
"그게 무슨 말이죠?"

"저희가 대만에 마리아톡으로만 진출할 게 아니라는 뜻입니다. 시작은 마리아톡이지만, HT맵도 아직 남아 있지 않습니까? 게다가 HT맵이 해외로 뻗어 나간다면! 만약 스페인으로 확정이 된다면! 그것도 아니라면 분마가 다른 지역에 진출을 한다면! 저희는 박재진 씨를 모델로 삼는 게 도움이 되지 않을까요?"

본부장은 놀랍다는 듯 황 과장을 쳐다봤다. 그러고는 이내 고개를 끄덕거렸다. 자신들은 잃는 게 없으면서 박재진에겐 마음의 빚을 지게 만들 수 있는 상황처럼 느껴졌다.

"좋습니다. 대신 유통은 우리가 합니다."
"유통이요?"
"HT에서 음원 유통도 하고 있죠. 우리가 맡는 조건으로 하죠."

한겸도 자세히는 아니더라도 음원 수익이 어떻게 분배되는지 알고 있었다. 유통사가 가장 많이 챙겨 가는 형태였다. 그 말을 듣자 한겸은 헛웃음을 뱉었다. 어떻게 해서든 이익을 챙기려는 모습이었다.

*　　　*　　　*

며칠 뒤. 한겸은 망부석이라도 된 듯 사무실에서 한 발자국도 움직이지 않았다. 그저 광고를 보며 들어갈 문구만 생각하고 있었다. 한겸뿐만이 아니라 모든 기획 팀이 마찬가지였다.

“김한겸, 그냥 이 부분은 랄랄라, 이 정도로 흥얼거리는 느낌만 주는 게 어때?”

“방 PD님한테 한번 보내봐. 그런 다음에 확인해 보자.”

“또 아빠한테……?”

수정마저 방 PD를 안쓰럽게 느낄 정도로 많은 양을 보내고 있었다. 한겸의 모습을 보던 범찬이 고개를 젓더니 입을 열었다.

“아무리 봐도 집착이야. 그 병 뭐더라? 자기한테 만족 못 하는 병?”

“완벽주의자? 그게 무슨 병이야.”

“병이야. 이 병아. 한국 와서 며칠 내내 했는데도 바뀐 거 하나도 없잖아. 그리고 HT에서도 대만족했다면서. 네가 자꾸 바꿔서 플랜 팀에서도 지금 초긴장이야.”

“왜?”

“왜? 왜에에? 대만에 일정 잡아야 되는데 그게 안 되잖아.”

“걱정하지 말라고 그래. 내일모레까지만 한다니까. 약속한 날이 그날이잖아.”

“지금 너 하는 거 봐서는 미뤄질 거 같아서 그렇지. 끝도 없이 하잖아. 지금이 딱 적당해. 과유불급 몰라?”

“그런가?”

한겸도 자신이 욕심을 부리고 있다는 걸 알고 있었다. 하지만 아쉬운 마음에 쉽게 손을 놓지 못했다. 그때, 사무실 문이 열리며 우범이 들어왔다.

“이거 보면서 분위기 환기 좀 해. 왜 이렇게 칙칙해.”
“이게 뭐예요?”
“우리 광고 평가라고 해야 하나?”

우범의 편안한 미소를 보면 나쁜 일은 아니었다. 한겸은 궁금한 마음에 곧바로 우범이 가져온 서류를 펼쳤다. 그러자 그 안에는 음주 운전과 관련된 자료가 나와 있었다.

“완벽하게 집계된 건 아니고 광고가 나간 뒤 일주일간 나타난 변화다. 작년과 비교한 거지.”
“와… 작년 대비 30%가 줄었어요?”
“엄청난 효과지. 10%만 변화가 생겨도 성공적이라고 보는데 무려 30%다. 지금 샤인에서 난리도 아니다.”

한겸은 부럽다는 듯한 표정으로 서류를 천천히 살폈다. 그러고는 혀를 내두르며 입을 열었다.

“그럼 이제 기사 엄청 나오겠네요.”
“음?”

옆에서 자료를 보던 범찬이 한겸을 보며 어이없다는 듯 입을 열었다.

"툭 하면 기사가 나오냐? 나와도 찔끔 나오고 말겠지."

"아닐걸?"

"맞을걸? 아직 완벽한 집계도 아니라잖아."

"광고주를 생각해 봐. 저거 만들 때 참여한 광고주가 전부다 정부 관계처들이잖아. 자신들 업적을 치켜세우기 딱 좋은 내용인데 가만있을 리가 없지."

"어? 그러네?"

한겸은 자신이 만든 HT 광고도 이런 반응까지 나올지 궁금했다. 윤선진의 광고보다는 색이 많이 보였지만, 시간 대비로 본다면 윤선진이 압도적으로 색이 많았기에 선뜻 판단하지는 못했다.

* * *

며칠 뒤, 최종 광고 영상을 가지고 HT에 컨펌까지 마쳤다. 이제 남은 건 플랜 팀의 계획대로 광고를 게재하는 일뿐이었다. 어느 때보다 열정적으로 만들었고, 어느 때보다 완성도가 높은 광고였다. 하지만 어느 때보다 아쉬움이 큰 광고였다. 조금만 더 시간이 있었다면 하는 생각 때문이었다. 그렇지만 이제는 자신의 손을 떠났으니 아쉬워한다고 해서 바꿀 수조차 없었다. 한겸도 그것을 알기에 아쉬움을 떨쳐내려 애써 고개를 저었다.

"휴, 그래도 끝나긴 했다."

"그래, 그래. 그만 생각해! 과거의 망령에 사로잡히면 발전이 없는 법이지."

"그런 말은 어디서 듣는 거야."

"게임에 나와. 그러니까 너도 게임 열심히 해."

그러자 차에 함께 타고 있던 팀원들은 물론이고 한겸도 어이없이 웃었다. 범찬의 취미를 가지고 왈가불가할 필요는 없었다. 오히려 게임으로 얻은 지식으로 도움이 되는 일이 많았기에 그러려니 하고 넘기고는 창밖을 봤다.

박재진에게서 노래를 녹음했다는 연락을 받아 홍대에 있는 라온 스튜디오로 향하는 중이었다. 최종 컨펌까지 마쳐서 여유가 있었던 팀원들 모두가 어떤 곡이 나올지 궁금했는지 함께 간다고 나섰다. 하지만 한겸은 곡을 듣고 싶다는 마음보다는 가사가 들어가면 어떻게 변할지가 궁금했다. 때문에 광고에 사용해 볼 생각으로 노트북까지 들고 온 상태였다.

잠시 뒤, 한겸은 라온 스튜디오에 도착했다. 처음에 방문했을 때는 공모전의 모델을 해달라고 불쑥 찾아갔던 반면, 지금은 초대를 받고 온 상태였다. 색다른 느낌에 한겸은 웃으며 문을 열었다. 그러자 벌써 도착해 있던 박재진과 엄경용, 그리고 강유가 보였다. 그중 강유는 손까지 흔들면서 한겸에게 소리쳤다.

"김 프로! 천재 괴물이라면서요!"
"네?"
"경용이한테 다 들었어요. 대단하던데요?"

무슨 얘기를 했을지 예상이 됐기에 한겸은 겸연쩍게 웃고는 안으로 들어갔다. 그러고는 간단한 인사를 나누고 곧바로 음악에 대한 얘기를 했다.

"어떻게 음악에 대한 감까지 좋아요."
"감은 아니고요. 그냥 광고에 어울리는지 찾다 보니까 그런 거예요."
"아무튼 한번 들어봐요. 재진이 형이 녹음하면서도 계속 뭐라고 했는지 알아요?"

강유가 박재진을 힐끔 보며 웃자 박재진이 발끈하며 말을 끊었다.

"야! 그런 말은 뭐 하러 해!"
"하하하, 뭐 어때! 녹음할 때 계속 이거 김 프로가 들으면 좋다고 할까? 아니겠지? 다시 할까? 계속 그런 사람이 누군데."
"어우! 넌 같이 일 안 해봐서 몰라. 김 프로가 윤후보다 더하면 더했지 덜하진 않은 것 같다."

한겸은 멋쩍게 웃었다. 자신도 대중들의 반응을 생각하며 광고를 만들다 보니, 음악도 모르는 자신의 반응을 생각하며 녹음했을 박재진의 모습에 동질감이 느껴졌다. 그리고 자신과 가끔 비교하는 윤후라는 사람도 궁금했다.

"일단 한번 들어봐요."

강유는 실실 웃으며 콘솔 앞에 앉고는 곧바로 음악을 재생했다. 처음에 들리는 곡의 가사는 중국어였다. 한겸은 집중해서 노래를 들었고, 박재진과 경용은 한겸을 쳐다보기만 했다.

하지만 한겸은 딱히 좋다는 건 느끼지 못했다. 노래를 들을 때마다 촬영하면서 봤던 박재진의 모습만 떠올랐다. 그건 노래가 끝날 때까지 변하지 않았다. 다만 박재진의 중국어 실력이 원어민 같은 느낌은 들었다. 노래가 끝나자 경용이 조심스럽게 입을 열었다.

"어떠세요?"

"진짜 중국 사람이 부른 곡 같은데요?"

"그거 말고 전체적인 느낌이요."

"사실 잘 모르겠어요. 가사 없는 곡하고 비슷한 거 같으면서도 아닌 거 같기도 하고요. 그런데 무슨 내용이에요?"

"사랑을 나눠요, 라는 내용이에요. 광고 내용과 맞게 라온에 있는 작사가님이 만들어주셨고, 중국어로 다듬었어요."

한겸은 고개를 끄덕이고는 노트북을 펼쳤다. 그러자 기획 팀원들은 자신들이 민망한지 고개를 돌려 버렸다. 그럼에도 한겸은 꿋꿋한 표정으로 입을 열었다.

"확인 좀 해보려고 그러는데 제가 음원 좀 받을 수 있을까요?"

그러자 강유가 곤란하다는 표정으로 입을 열었다.

"그건 곤란한데. 저작권등록을 했어도 아직 음원 발표도 안 한 곡이라서요. 김 프로님을 못 믿는다는 게 아니고요."

"광고에 넣어서 확인을 해보려고요. 확인만 하고 바로 지울게요. 이 PD님이 확인하시고 지우세요."

강유는 마지못해 수락하고는 음원을 한겸에게 건넸다. 그러고는 진짜 확인을 하려는지 한겸의 옆에 딱 붙었다. 한겸은 당연한 일이라는 생각에 거부감 없이 할 일을 했다. 영상의 길이와 음원의 길이가 딱 맞았기에 오래 걸리는 일도 아니었다. 그저 음원을 덮어씌우면 끝이었다.

"소리 조절까지 기존하고 똑같이 맞췄고. 그럼 한번 볼까요."

"이게 그 광고예요?"

"아! 이 광고, 아직 공개 안 된 거니까 어디서 말씀하시면 안 돼요."

"허! 그런데 제가 봐도 돼요?"

"농담이에요. 보셔도 돼요."

"어우, 깜짝이야. 뭔 농담을 그렇게 정색하고 해요."

한겸은 피식 웃고는 영상을 재생했고, 스튜디오에 있던 사람들 모두가 한겸의 뒤쪽으로 자리를 옮겼다. 그렇게 모두가 영상을 함께 봤다. 영상이 끝났음에도 한겸은 무심한 표정으로 모니터를 봤다. 중국어 가사로 부른 곡을 넣자 색이 보이던 부분도 색이 보이지 않았다. 광고와 어울리는 느낌은 아니라는 뜻이었다.

그렇다고 곡의 성공 여부를 섣불리 판단할 순 없었다. 광고에 어울리지 않더라도 성공할 수는 있었다. 그리고 무엇보다 경험이 많은 박재진이 자신 있어 했다. 그때, 강유가 숨을 크게 뱉으며 입을 열었다.

"진짜 신기하네."

"뭐가요?"

"재진이 형이 진짜 좋은 곡이라고 그래서 들어봤을 때는 사실 그냥 그랬거든요. 그래도 워낙 강하게 주장하니까 그런가 보다 했죠. 그래도 제가 듣기에는 전체적으로 분위기는 좋은데 곡이 조금 밋밋하진 않나 하는 생각이 들었거든요."

"어떤 부분이요?"

"그냥 전체적으로요. 그런데도 재진이 형이 엄청 좋다고 자기 입으로 그러더라고요. 경용이도 마찬가지고. 그런데 아무리 생각해 봐도 어디 빵 터지는 곳도 없고 임팩트가 좀 없는 느낌이었거든요. 그래도 구성은 확실해서 무난한 곡이다 싶었는데 이거 보니까 느낌이 확 달라지는데요? 특히 영상 보고 나니까 휘파람 부는 부분이 킬링 파트였네. 가만 생각하면 저의 부족한 상상을 이 영상이 채워주는 느낌이라고나 할까?"

그 말을 들은 한겸은 고개를 돌려 팀원들을 쳐다봤다. 그러자 수정이 고개를 끄덕이며 말했다.

"사실 촬영하면서 계속 봐서 그런가, 난 뭘 들어도 박재진 씨 모습만 떠올라."

한겸은 고개를 끄덕이고는 입을 열었다.

"그럼 한국어로 부른 곡도 들어볼 수 있을까요?"
"그래요."

한국어도 중국어와 큰 차이가 없었다. 강유에게 부탁해 다시 영상에까지 덮어씌워 봤지만, 다른 점은 없었다. 그때, 강유가 입을 열었다.

"신기하네. 확실히 한국어가 더 잘 살린 느낌인데 노래 들어도 영상밖에 생각이 안 나네. 노래가 광고를 살리는 경우는 있어도, 광고가 노래를 살리는 경우는 처음이네."

박재진은 다른 의견인지 발끈하며 나섰다.

"노래 좋다니까. 네가 감이 죽었네."

"사람이 왜 그래. 솔직하게 말해줘도 그렇게 반응하면 앞으로 말 못 하지. 그리고 지금은 좋다니까?"

"김 프로, 어때요? 괜찮죠?"

한겸은 어느 정도 답을 얻었다. 경용에게 미안하지만, 노래만으로는 성공할 것 같지 않았다. 하지만 광고가 나가고 나서부터는 반응이 올 것 같았다. 한겸이 조금 더 확인하고 싶다고 생각할 때, 갑자기 스튜디오 문이 열리면서 이종락이 들어왔다.

"어우? 왜 이렇게 사람이 많아. 어이고, C AD 분들 다 오셨네요. 안녕하세요."

"이 부장님, 잘 오셨어요. 이리로 앉아보세요."

자신의 안방인 양 안내하는 한겸의 행동에 이종락은 당황한 표정으로 한겸의 옆에 앉았다. 그러자 한겸이 곧바로 강유에게 노래를 틀어달라고 부탁했다.

"제가 뭘 해야 되는 거예요?"

"일단 노래 좀 들어보세요. 들어보신 적 있어요?"

"네, 있죠. 완성된 건 처음이고요."

"한번 들어보세요."

이종락은 의아한 표정으로 스피커에서 나오는 노래를 들었다. 사무직을 하고 있지만, 한동안은 A&R 팀에서 일을 했기에 음악에 대한 기본기는 있었다. 노래가 끝나자 이종락이 고개를 갸웃거리더니 박재진의 눈치를 살폈다.

"솔직하게 말씀해 주시겠어요?"
"솔직하게요. 그냥 보통 정도의 곡? 무난한 곡?"
"그럼 이 영상하고 같이 봐주세요."
"오, 이게 이번에 촬영한 광고 영상이네요."

화면을 다 본 이종락은 강유와 마찬가지로 신기하다는 표정이었다. 그러고는 갑자기 인상을 팍 찡그렸다.

"어우! 갑자기 노래가 확 사는데? 이거 촉이 오는데요?"
"무슨 촉이요?"
"이거 대박일 거 같아요. 재진이 형 얼굴만 떠오르는 게 박재진 주제가 같고. 이거 우리가 맡았어야 했는데!"

한겸은 답이 됐다는 듯 고개를 끄덕거렸다. 이 음악을 좋다고 한 사람들은 전부 촬영 현장에 있던 사람들이었다. 광고를 미리 본 사람들의 평가였다. 하지만 제3자가 느끼는 것은 달랐다. 경용이 만든 곡은 광고 영상 없이는 성공할 수 없는 그런 곡이었다. 그렇지만 영상과 함께라면 모두가 좋아할 만한 곡이었다. 광고가 성공할 것이라고 확신하기에 곡도 덩달아 뜰 것 같았다. 다만 계속해서 신경이 쓰였다.

'색이 완벽하게 보이는 광고를 만들면 경용 씨의 곡도 완벽해지지 않았을까?'

모든 걸 광고에 연결해서 생각하던 한겸은 결국 색이 보이는 광고를 만들어야 한다고 생각했다. 생각을 마친 한겸은 경용을 보며 말했다.

"우리 서로 완벽하게 만들어봐요."

*　　　*　　　*

그로부터 다시 며칠 뒤, 대만과 한국 두 곳에서 동시에 음원이 풀렸다. 사랑을 나눠요, 라는 제목이었고, 부제목은 HT 플리마켓의 메인 테마송이었다. 한겸은 결과를 보지 않아도 예상이 되었지만, 팀원들은 잔뜩 기대하고 있었다.

"진짜 신기해. 박재진 씨가 연기를 잘해서 그런가?"
"오빠도 그렇죠? 나도 이 노래 들을 때마다 계속 박재진 씨 얼굴만 생각나요. 이러다 진짜 팬 되겠어요."
"나도. 그런데 한겸이가 이상하네. 평소라면 반응 묻고 그랬을 텐데 조용하네."

"어? 그러게. 김한겸, 어디 아파?"

한겸은 아니라는 듯 고개를 저은 뒤 질문을 했다.

"그래서 몇 등인데?"
"지금 집계된 건 29등. 아까 18등까지 올라갔다가 또 떨어지네. 이상하게 반응이 없어."
"대만은?"
"아직 차트 진입 못 했어. 진짜 좋은데 이상해."

한겸의 예상대로였다. 한국에서도 곧 차트 밖으로 밀려날 것이었다. 그때, 기사를 보던 수정이 갑자기 크게 외쳤다.

"어! 우리랑 비슷하게 DIO에서 음원 낸대! DIO80 화이트라고, 내일 공개된다는데?"
"음?"
"US라는 오디션 프로그램으로 뽑힌 아이돌 그룹인데 인기가 많나 봐. 그중 가장 인기 있는 키오라는 애가 부른대. 지금 팬들 난리 났네."

한겸은 갑작스러운 말에 직접 기사를 찾아봤다. DIO80의 출시 예정일까지 한참 남았지만, 한 달마다 음원을 공개한다는 내용의 기사였다. 기사를 한참이나 보던 한겸은 피식 웃었다.

"이걸로 TX기획으로 내정되어 있었다는 게 확실해졌네."

"이거 우리 거 보고 따라 한 거 아니야?"

"기간을 보면 아닐걸. 어떻게 맞아떨어졌네."

"이거 막 1등 하는 거 아니야? 그럼 짜증 날 거 같은데."

수정은 물론이고 팀원들 모두가 인상을 찡그렸다. 하지만 한겸은 재미있다는 듯 모니터를 보며 히죽 웃었다.

제3장

국가 대항전

며칠 뒤, TX기획의 최 이사는 음원사이트 순위를 보며 만족스레 미소를 지었다. 집계가 된 순간부터 곧바로 차트 1위에 자리를 잡더니 이틀이 지난 지금까지도 1위를 굳건히 지키고 있었다.

"들을수록 좋은 거 같군."

"팬덤 데이터를 분석한 결과 최소 2주는 자리를 유지할 것 같습니다. 이번 곡으로 인해 키오의 팬이 더 유입되고 있습니다. 그리고 대형 가수들이 컴백하는 일도 없다 보니 계획대로 진행될 것 같습니다."

"좋아. 그래야 다음 주자도 힘이 실리지."

"그래서 가장 인기 있는 키오를 선두 주자로 내보내지 않았습니까."

"후후, 잘했어. 그런데 박재진은?"

"어제 6시경 차트 밖으로 밀려났습니다. 지금은 100위 권 안에는 없고, KM 관계자들 말로는 150위 정도라고 합니다."

최 이사의 미소가 더욱 진해졌다. 박재진이 음원을 낸다는 소식에 얼마나 놀랐는지 모른다. C AD에서 TX의 내부 정보를 얻고 있는 건 아닐까 싶을 정도로 자신들이 하는 일과 똑같았다. 게다가 자신들보다 먼저 발표를 했기에 TX에서도 일정보다 빠르게 진행해야 했다.

"기우였어. 이제 제대로 흘러가는군."

"원래 저희하고 비교가 안 되는 회사입니다."

"후후, 그럼 이제 우리도 기사를 내보낼 차례군."

"어떤 식으로 기사를 내보낼까요?"

기분 좋은 미소를 짓던 최 이사는 팀장을 보더니 혀를 찼다.

"알아서 할 때 되지 않았나? 우리가 뭐에 당했어."

"광고계에 부는 새바람 말씀이십니까?"

"그래. 우리는 말은 안 했어도 이미 그렇게 진행하고 있었다고 알릴 기회잖아."

"아!"

"그리고 동양에서는 말만 했지만, 우리는 결과물이 있잖아! 그것도 새바람을 불게 만들었다던 C AD하고 같은 일을 한 결과물이!"

"아! 그렇죠."

"너무 대놓고 하면 반발이 생길 수 있어. 그러니까 광고계에 새바람을 타는 회사들이 광고주는 물론이고 소비자들의 욕구를 충족시키기 위해 광고에 사용되는 음악에까지 공을 들여 제작하기 시작했다는 내용을 내보내. 하지만 결과는 다르게 나왔다는 식으로 내보내라고."

"아! 알겠습니다. 그때 기사를 못 내보내서 아쉬웠는데 결과물이 있으니까 이번에 내보내는 게 훨씬 효과가 있겠네요. 저희에게는 전화위복이 되겠군요!"

"그렇지. 잘해. 이걸로 확실히 더 높은 곳으로 발돋움할 수 있겠어."

"그럴 것 같습니다. 신문사 같은 경우는 DIO 광고를 약속하면 도배하듯 기사를 내보낼 겁니다. 게다가 키오가 1등이다 보니 기사를 내보내는 명분도 있고요."

최 이사는 이 상황이 재미있다는 듯이 크게 웃었다.

* * *

인터넷에 똑같은 내용의 기사들이 엄청나게 쏟아져 나오기 시작했다. 그럼에도 C AD 기획 팀 팀원들은 약간 기분이 나빠 보일 뿐 별다른 반응은 없었다.

"겸쓰, 넌 도대체 어떻게 안 거냐? 귀신 씌었어?"
"돌아가는 걸 보면 그렇잖아."
"돌아가는 걸 같이 봤는데 왜 난 어지럽기만 해."
"저번에 TX가 다른 회사들 다 누르고 DIO 광고 따 왔다고 홍보하려 했었잖아. 그거 못 해서 얼마나 아쉽겠어. 그런데 더 좋은 기회가 생겼어. 그것도 아무런 불법행위도 안 했는데 말이야. 그럼 안 하겠어?"

TX에서 화이트로 음원을 내보낸다는 기사를 보던 한겸이 처음 한 말이 '기사 나오겠네'였다. 그것도 스쳐 지나가는 기사가 아니라 엄청난 양을 내보낼 것이라고 했고, 정말 한겸이 말한 대로 흘러갔다.

"진짜 신기하단 말이야. 이렇게 퍼질 일이야? 광고 일이 뭐가 재미있다고."
"팬덤 때문이잖아. 분마도 다 팬이 생겨서 성공하는 거고. 자기들이 좋아하는 연예인이 잘되는 게 좋잖아. 그걸 알리고 싶은 게 팬이고."

그 말을 듣던 범찬이 가만히 생각하더니 갑자기 눈을 희번덕거렸다.

"넌 그냥 미끼를 던져본 것이고, TX는 고것을 확 물어분 것이여!"

"뭘 미끼를 던져. 그리고 그 대사를 왜 그렇게 열심히 해. 너 지금 미친놈 같아 보여."

대화를 들으며 피식거리던 수정이 입을 열었다.

"내버려 둬. 최범찬 원래 제정신 아니잖아. 그보다 미끼를 던진 것처럼 되려면 우리도 성공해야 되는데 진짜 될까? 박재진 씨 노래 진짜 진짜 올라갈 수 있을 거 같아?"

"올라갈 수 있다니까. 라온 이 PD님도 광고 본 다음부터 계속 듣게 된다고 했잖아."

"사실 평은 그렇게 좋은 편이 아니거든. 그러니까 약간 걱정은 돼."

그나마 가장 걱정을 하던 종훈이 조심스럽게 대화에 끼어들었다.

"지금 차트 밖으로 떨어진 지 오래됐는데. 박재진 씨 지금 엄청 침울해하잖아. 계속 미안하다고 그러고."

"그거 우리한테 미안해하는 게 아니라 경용 씨한테 미안해하는 거예요. 그래서 경용 씨하고 연결 고리 만들어주려고 계속 연락하시는 거 같아요. 그럴 필요 없다고 그랬는데."

"그렇긴 하지. 돈 한 푼 못 벌게 생겼으니까. 그런데 네 말처럼 TX가 내보낸 기사로 우리도 이득을 보려면 1등은 못 하더라도 최소 같은 화면에는 들어와야 해. 그래야 지더라도 아쉽게 졌다는 소리를 듣잖아."

한겸도 순위까지 예측할 수는 없었다. 하지만 광고가 나간 뒤부터 반등은 확실해 보였다. 1등이라도 하게 되면 TX가 오히려 홍보를 해주는 꼴이 된다. C AD로서는 가만히 앉아서 홍보를 하게 되는 셈이었다. 그리고 1등을 못 하더라도, 어느 정도 순위권에만 들어와도 TX와 함께 언급될 것이었다.

다만 HT가 무척 불안해했다. 박재진이 앨범을 내놓았고, 엄청난 반응을 예상했는데 너무 잠잠했다. 그러다 보니 박재진이 모델로 성공할 수 있을지 불안한 모양이었다. 그 때문에 수시로 연락을 해왔고, 황 과장은 직접 찾아온다고까지 했다.

황 과장이 온다고 해서 크게 달라지는 것은 없었다. 그저 광고가 나올 때까지 가만히 기다리는 방법밖에 없었다. 그때, 임 프로가 사무실 문을 열고 황 과장과 함께 들어왔다. 광고주로 찾아온 것이기에 지금 상황을 타개하기 위한 방법을 찾으라고 재촉하려 왔을 줄 알았는데 황 과장의 표정은 자신들보다 안타까워하고 있었다.

"도대체 왜 그 곡이 안 뜨는지 모르겠다니까요. 저희 직원들 사이에서는 인기 엄청 많거든요. 전부 그 노래만 듣고 있는데 도대체 순위가 왜 멈춰 있는지 이해가 안 돼요. 혹시나 순위 조작하나 그것도 알아봤다니까요."

황 과장도 광고와 음악을 함께 들었던 사람이었다. 한겸은 미소를 지으며 입을 열었다.

"본부장님도 걱정 많이 하시죠?"

"걱정보다는 이해할 수 없다는 눈치죠. 음원차트 알아보라고 하신 것도 본부장님이세요."

"오늘부터 광고 나가기 시작하면 올라갈 거예요."

"그래야죠. 반드시 그래야죠! 회의 때 제가 거든 거 아시죠? 반드시 성공해야 합니다! 안 그러면 저 앞날이 깜깜해져요."

"올라갈 수 있을 거예요."

"그렇겠죠. 그래도 혹시나 저희가 해야 할 게 있나 해서 찾아왔습니다."

한겸도 HT의 입장은 충분히 이해됐다. 하지만 영상이 올라오지 않는 이상 큰 변동은 없을 것이었다.

"아니면 광고 속에 분마에 대한 힌트를 넣어놨다고 언급을 한다든……."

"안 돼요! 그건 절대 안 돼요. 그러면 광고 수명이 너무 짧아져요. 사람들이 직접 찾게 해야 해요. 절대 안 됩니다."

"아, 답답해서 그냥 한 말입니다."

한겸이 정색을 하며 말하자 황 과장은 황급히 말을 거뒀다. 사실 회의에서 나왔던 내용을 말한 것인데 이렇게까지 정색을 할 줄은 몰랐다.

“그건 절대 안 돼요. 아셨죠? 그 부분은 HT에 가셔서도 확실히 말씀하서야 돼요.”

“아, 네.”

“정말 중요한 거라서 그래요. 며칠만 참으세요. 광고를 보고 분명히 반응이 달라질 거예요. 아니면 박재진 씨의 인터뷰라든가 그런 거 하셔서 플랫폼에 올리시든가요. 대만에도 올리시고 한국에도 올리시면 되겠네요.”

“그런데 한국에서는 반응이 있을지 몰라도 대만에서는 아직……”

“광고가 게재되는 날까지만 기다려 보세요.”

황 과장은 어색하게 웃으며 고개를 끄덕거렸다. 그러고는 또 다른 것을 준비해 왔는지, 조심스럽게 입을 열었다.

“광고가 대만에만 공개가 되잖아요. 물론 한국에서도 다른 동영상 플랫폼에서 볼 수는 있지만 찾기가 번거로울 거 같더라고요.”

“아무래도 그렇겠죠.”

“그걸 한국에서도 공개를 하는 게 어떨까 해서요. 아! 계약을 한 게 있는데 저희가 그걸로 한국에서 홍보를 하려는 건 아닙니다! 그저 모델인 박재진 씨가 잘되길 바라는 마음에 저희 HT TV에서 공개를 하겠다는 거죠. Y튜브나 파이온처럼 인기

있진 않지만 저희도 동영상 제공하는 플랫폼이 있으니까 도움이 될 것 같아서요. 한국에서도 분마에 대한 관심이 많잖아요."

"네, 어차피 Y튜브라든가 다른 플랫폼에도 공개가 되니까 그걸 홍보 목적으로 하시는 게 아니면 괜찮죠. 괜히 마음대로 한국 분마 사용하시면 분트하고 트러블 생길 수 있는 거 아셔야 해요."

"안 그러죠. 저희도 다 아는 사람들인데."

어떻게 해서든 HT 플리 마켓의 성공 확률을 올리려고 모두가 애를 쓰고 있었다. 한겸도 한국 플랫폼에 올라오는 것을 반대하지 않았다. HT 플랫폼에 올라온다면 한국에서도 많은 사람이 볼 것이고 그만큼 박재진의 노래도 탄력을 받을 수 있을 것이었다.

*　　　*　　　*

며칠 뒤. 한국 시간 23시, 대만 시간으로는 12시 자정을 기점으로 광고가 쏟아져 나오기 시작했다. 예산이 많다 보니 대만의 유명한 크리에이터 채널에 표적 광고를 내보내는 것은 물론이고 무작위의 채널에까지 광고가 나오고 있었다. 그러다 보니 거의 모든 영상 앞부분에 HT의 광고가 나왔다.

한겸은 당연히 결과물을 확인하기 위해서 회사에 남아 있었다. 한겸뿐만이 아니라 포스터 제작 팀을 제외한 모든 직원이 회사에 남아 있는 상태였다. 게다가 외부인까지 함께 자리하고 있었다.

“범찬아, 너희 회사는 밤샘 회사야? 지금 11시인데 왜 아무도 퇴근을 안 해?”

“형님은 왜 저희 회사 오셔서 보시는 거예요?”

“어떻게 보는지 모르겠더라고. 뭘 우회하라는데 그게 뭔지 몰라서.”

“그거 한국 HT에도 나온다고 했잖아요.”

“그냥 같이 만들었으니까 같이 보려고 온 거지. 그리고 한국 거는 한 시간 더 기다려야 하잖아. 가만 보면 내가 귀찮은 거 같다?”

“귀찮긴요! 힘드실까 봐 그렇죠.”

한겸은 범찬과 대화를 하는 박재진을 봤다. 노래가 실패한 것 같아 초조한지 성공할 수 있다는 확답을 받고 싶은 것처럼 보였다. 그리고 종훈의 옆에는 아무 말도 없이 모니터를 보는 경용도 있었다. 경용은 박재진보다 더 심했다. 초조한 걸 넘어서 무척이나 불안해했다. 한겸은 그런 경용의 옆으로 다가갔다. 조금만 기다려 보자고 말을 했음에도 결과를 보지 못한 상태이다 보니 불안해할 수밖에 없었다. 한겸도 광고 성공 여부보다 주변을 달래야 하는 상황이 더 힘들었다.

“1등은 아니더라도 분명히 잘될 거예요.”

“혹시 제가 민폐를 끼친 건 아닐까 걱정이 돼서요.”

"노래 좋다니까요. 그리고 경용 씨가 걱정할 문제가 아니에요. 제가 골랐잖아요. 그럴 일은 절대 없지만 만약 광고가 실패를 하더라도 그건 제가 선택을 잘못한 거지 경용 씨 잘못이 아니에요. 그리고 경용 씨는 돈도 안 받았는데 뭐가 그렇게 불안해요."

옆에서 한겸의 말을 듣던 범찬은 박재진에게 한겸을 보라는 듯 고갯짓을 했다. 그러고는 다 들리게 속삭였다.

"짜증 났는데요? 형님도 그만 물어보시는 게 좋을 거 같은데요?"

"내가 뭘 물어봤다고 그래. 그래도 김 프로님은 참 대단한 거 같아. 어떻게 저렇게까지 확신을 하지? 너도 그렇고, 다른 분들도 그렇잖아."

"걱정 마시래도요. 한겸이 잘된다고 하면 잘돼요."

"후아, 왜 이렇게 긴장이 되냐. 분마 때는 진짜 하나도 긴장이 안 됐는데 이상하게 긴장되네. 아직 반응은 없지?"

"지금 광고 올라온 지 30분도 안 지났어요. 곧바로 오는 게 이상하죠."

그때, 대만 음원사이트 차트를 확인하던 수정이 입을 열었다.

"아직 집계는 안 됐는데 차트 진입할 듯? 그런데 그렇게 높을 거 같진 않네."

*　　*　　*

HT의 광고가 나간 후, TX기획의 최 이사는 무척이나 못마땅한 표정이었다. 여전히 한국의 음원차트에서는 화이트가 1위를 지키고 있었다. 최 이사가 못마땅해하는 부분은 그것이 아니었다. 아직 같은 화면에 보이지는 않지만, 죽어가던 박재진의 곡이 꾸역꾸역 기어오르고 있었다.

“아직 30위 밖입니다. 대만에서도 마찬가지입니다. 그저 광고가 나와서 반짝하는 거라고 예상됩니다.”

“예상 말고 분석을 하라고. 점쟁이야? 왜 자꾸 예상을 해.”

“어제부터 계속 30위 언저리에서 오르락내리락하고 있었습니다.”

“그런데 왜 안 사라지는 건데?”

“아무래도 HT가 홍보를 해서 그런 것 같습니다. 다른 플랫폼들에 밀리긴 해도 자체적으로 운영하는 플랫폼이 있다 보니 그런 것 같습니다.”

“또 같습니다, 라네.”

“확실합니다.”

“확실해? 김 팀장은 이거 어디에 들어가서 봐야 되는 건지나 알아? 이거 앞에 내놓은 것도 아니야. 저기 구석탱이에 있는 HTV에 들어가야지 겨우 보이는데 뭔 노출이야.”

최 이사는 불안한 마음에 직원을 닦달했다. 영상을 본 사람들이 댓글의 반응이 상당히 호의적이었다.

“댓글들은 봤어? 우리는 전부 빠순이들이 그냥 무작정 좋다고만 하는데 박재진 노래는 뭐라는지 알아? 전부 이 노래 들으면 박재진밖에 생각 안 난대. 그게 무슨 말인지 알지?”

“광고의 연관성입니다.”

“그래! 그 노래를 떠올리면 박재진이 떠오르고! 박재진이 떠오르면서 이 광고 영상이 떠오르고! 우리가 하려는 걸 여기서 하고 있잖아!”

“박재진 씨가 음악성이 워낙 좋다 보니까 음악으로 승부를 본 건 아닌가 생각… 아니, 봤습니다.”

“김 팀장 머저리야? 그럼 며칠 동안 반응이 없을 수가 없지.”

최 이사는 모니터를 손으로 눌러가며 입을 열었다.

“이게 가장 위험하다고. 광고가 나오는 동안 계속 살아 있을 거 아니야. 아니면 노래가 인기 있는 동안 광고가 계속 살아 있을 수도 있고! 만약에 꾸역꾸역 기어올라 와서 화이트 잡고 우리 다음에 블루 나올 때까지 자리 잡고 있으면 어떡할래.”

“그렇다고 저희가 제품 출시도 안 됐는데 광고를 내보낼 수는 없어서…….”

“여기서 우리가 못 이기면 그동안 준비했던 거 전부 효과 없어! 다 박재진 아래라고! C AD 밑이고!”

팀장이 대답을 하지 못하고 있자 최 이사는 짜증 난다는 표정으로 손을 휘저었다. 그러자 팀장이 사무실을 나섰다. 그때, 최 이사가 한심하다는 말투로 입을 열었다.

"박재진 차트 변동 있는 거 계속 확인하고 보고해. 알았어?"
"알겠습니다."
"잘리고 싶으면 계속 허접한 곳에서 온 티 내."

팀장이 나가자 최 이사는 한숨을 푹 뱉었다. 딱히 방법이 없다는 걸 알고 있어서인지 불안하고 답답했다. 광고가 워낙 잘 만든 것이다 보니 어디 파고들 구멍이 보이지 않았다. 게다가 광고를 본 뒤부터 박재진의 사진만 봐도 박재진이 불었던 휘파람이 떠올랐다.

"아이 씨, 짜증 나게 진짜. 구멍가게 같은 게 왜 이렇게 앵겨붙어!"

한편, 이사실에서 나온 TX의 김 팀장은 자리로 돌아오자마자 보고서를 거칠게 내려놓았다.

"아, 개씨발 새끼!"
"아휴, 최 이사가 또 지랄했어요?"
"아오, 저 새끼 때문에 때려치우든가 해야지. 내가 스트레스 받아서 죽을 거 같다. 도날에 있을 때는 마음은 편했는데!"

"제 말이요. 지가 일은 다 벌이고 수습은 전부 저희한테 하라고 그러고. 그 기사들만 안 내보냈어도 이런 일 없잖아요. 우리도 정식으로 합병돼서 온 건데 맨날 구린 곳 출신이라고 그러고!"

"그러니까! 다 지 잘못 덮으려고 왜 우리가 개고생을 해야 해. 그냥 서로 잘되면 얼마나 좋아. 꼭 누굴 밟고 올라가야 해? 허구한 날 TX, TX 그러면서 TX가 그 정도밖에 안 돼?"

"그러니까요. 옛날 사람이라 전부 적이라고 생각하나 봐요. 그리고 저거 자기 성과 올리려고 저러는 거잖아요. 사장은 주식만 팔아먹고 도망가 버리고. 이럴 줄 알았으면 합병될 때 용환 선배처럼 반대할 걸 그랬어요."

"용환이는 뭐 하냐?"

"모르죠. 우리끼리만 와서 미안한데 연락을 어떻게 해요."

팀장과 팀원들은 전부 다른 광고 대행사의 직원들이었다. 그런데 회사가 두립의 광고를 얻은 걸 계기로 TX와 합병되었고, 직원들도 대기업 직원이 될 수 있어 좋은 기회라고 생각했다. 그런데 막상 와보니 현실은 녹록지 않았다. 같은 일을 하고, 같은 보고를 해도 항상 자신의 팀만 욕을 먹고 있었다. 팀장은 화가 가라앉지 않는지 숨을 크게 들이마시고는 입을 열었다.

"알아서 잘 살겠지. 아무튼 저 미친놈이 박재진 차트 순위 계속 확인하란다. 잘됐어. 이러다가 연예 기획사로 옮기지 뭐."

"크크, 그것도 좋은 생각이네요."

"진짜 이게 뭐 하는 짓인지. 내가 딸내미만 없었어도 당장 때려치웠다. 일단 확인이나 좀 하자. 다들 당분간은 박재진한테 집중해. HT 광고하고."

"그런데 노래가 처음에는 별로였는데 들을수록 좋더라고요. 광고에서 얼마나 자연스럽게 연기를 했는지, 들을 때마다 박재진 얼굴 떠올라요. 반복되는 음도 없어서 진짜 이렇게 기억에 남기 힘든데 C AD가 참 잘 만들었어요. 30위에 있는 게 신기할 정도로요."

"말했잖아. 내가 분트 때 걔네한테 밀렸잖아. 걔네 광고 잘 만든다고 그랬더니 최 이사가 아주 지랄지랄을 했는데. 그래도 좀 짜증 나긴 한다. 갑자기 잘나가니까 최 이사가 밟으려고 괜히 우리한테 지랄하는 거잖아."

팀장은 깊은 한숨을 뱉고는 팀원들에게 말했다.

"맡고 있는 거 하면서 다들 박재진 확인하고, 갑자기 변동 생기고 그러면 바로 얘기해."

팀원들도 총알받이가 된 김 팀장을 안쓰럽게 보며 고개를 끄덕거렸다. 한참 뒤 퇴근할 시간이 되자 김 팀장은 마지막으로 팀원들에게 보고를 받았다.

"변동 없지?"

"대만은 올랐는데요? 지금 딱 10위에요. 이러다가 1위 하겠는데요."

"왜 또 올라. 한국은?"

"한국은 좀 더 떨어졌어요. 41위네요."

"그나마 다행이네. 됐어. 우리가 지금 한국만 하니까 한국만 보면 되겠지. 뭐 대만까지 신경 써."

"그래도 돼요?"

"화이트 우리나라에서만 발표했잖아. 우리나라 음원사이트만 확인하면 되겠지. 키오는 변동 없지?"

"네, 그냥 아주 굳건히 지키고 있습니다."

"내 말이 맞다니까. 나한테 점쟁이란다."

그때, 모니터를 보던 직원 한 명이 갑자기 급하게 소리쳤다.

"팀장님! 이거 한번 보셔야겠는데요."

"뭔데?"

"HT 광고인데 Y튜브 크리에이터가 박재진의 숨겨진 비밀이라면서 뭘 분석해서 올렸어요. 저도 보고 있는 중인데 이거 꼭 보셔야 할 것 같아요. 제가 메신저로 주소 보낼게요."

김 팀장은 회사 메신저로 도착한 URL을 타고 들어갔다. 크리에이터는 이제 겨우 구독자 만 명이 된 걸로 보아 유명한 크리에이터는 아니었다. Y튜브에 올라오는 영상들은 관심을 끌기 위해 썸네일만 자극적으로 사용하고 정작 내용은 시답잖은 것들이 많다 보니 크게 걱정은 없었다. 김 팀장은 의자에 몸을 기댄 채

영상을 재생시켰다.

—안녕하세요. 준벅TV의 준벅입니다! 오늘은 아쉽게도 여러분이 기대하시던 곤충은 아닙니다. 하지만! 그보다 더 특별하다고 장담합니다. 준벅TV 시청자분들에게 최초 공개되는 건 아닐까 생각합니다.

“뭔 말이 이렇게 많아.”

최 팀장은 영상을 빠르게 돌렸다. 그리고 잠시 뒤 HT의 광고가 나오기 시작했다.

—저작권 문제로 영상이 잘릴 수 있어서 음악은 삭제한 점 양해 부탁드립니다. 대신 지금부터 놀라운 걸 보여 드리죠! 한 5초 정도의 영상이 될 건데요. 무엇을 발견하든 상상 이상일 겁니다.

“뭔데 이렇게 뜸을 들여. 하여튼간 Y튜버들은 죄다 이래. 이것도 문제야.”

그때, HT 광고의 일부 영상이 짤막하게 지나쳐 갔다.

“도대체 뭘 보라는 거야.”

—보셨습니까? 못 보셨죠? 저도 처음에 보고 맞는 건지…….

"아이 씨, 말 많네."

크리에이터는 영상이 거의 끝날 때까지 말을 하지 않고 있었다. 김 팀장이 별거 아니라는 생각에 그만 보려 할 때 영상에 동그라미 쳐진 부분이 보였다.

—여기 보이시죠? 제가 검은색으로 원을 친 부분! 여기 벽걸이 TV 밑에 일자로 된 은색! 이게 뭘까요! 언뜻 보면 TV에 연결된 받침대나 연결선이나, 그런 걸로 보이죠? 절대 아닙니다. 이건 바로! 짜잔!

화면에 갑자기 스페인 분마의 사진이 나왔다. 김 팀장은 어느덧 영상에 빠져들어 있었다.

"저게 뭔데. 왜 갑자기 분마야."

그때, 준벅이라는 사람의 얼굴이 나타났다. 어디서 구했는지 스페인 분마와 비슷한 복장을 하고 나왔다. 그러고는 화면에 은박지로 만든 칼을 내밀었다.

—바로 이 칼! 레이피어죠! 잘 보시면 금속이라는 걸 아실 수 있죠. 이 부분에 주변이 살짝 비치는 게 보이시죠? TV 크기에 비례해서 보면 절대로 받침대는 아닙니다. 이것이 동양전자에서 나온

받침대인데 훨씬 굵죠. 그리고 제가 알아본 바에 의하면 은색으로 된 금속은 없습니다. 그렇다면 뭐냐! 바로 이 레이피어! 이거밖에 없다는 거죠.

김 팀장은 헛웃음을 뱉었다.

"뭔 개소리야. 아주 그냥 어그로 끌려고 고생한다. 야, 너희들은 뭘 이런 걸 보래."

"그거 진짜면 난리 날 것 같지 않아요?"

"말이 되는 소리를 해라, 무슨. 여기 HT 광고인데 왜 분마가 나와. 여기 한국도 아니잖아."

"그런가? 너무 예민했나."

그때, 켜둔 영상에서 크리에이터의 목소리가 들려왔다.

—이거로는 부족하시겠죠! 푸하하! 압니다! 그래서 이 준벅TV에서 좀 더 확실한 증거를 준비했습니다. 너무 늦게 공개하면 최초가 아닐 수도 있다 보니까 오늘 저녁, 그러니까 9일! 8시에 라이브에서 최초 공개합니다! 구독과 좋아요! 알림 설정까지! 그럼 준벅TV의 준벅이었습니다.

"아! 열받아! 뭐야, 이놈은!"

"이거 확인해야겠죠?"

"아, 미치겠다. 이걸 확인을 안 할 수도 없고."

김 팀장은 시간을 확인했다. 원래 광고 일이 야근을 밥 먹듯 했지만, 확인도 안 된 사실을 보기 위해 야근을 하고 싶지는 않았다. 그렇다고 안 할 수도 없는 일이었다.

"하아, 일단 우리가 먼저 사실 확인부터 해보자."

김 팀장은 팀원들과 함께 HT 광고를 살피기 시작했다. 하지만 아무리 봐도 특별한 게 없었다. 그저 보면 볼수록 점점 박재진의 휘파람만 기억에 남았다. 팀원들도 마찬가지인지 소리는 내고 있지 않았지만, 휘파람을 불 듯 입술을 오므리고 있었다.

"이거 칼 같지도 않지? 그냥 어그로 같지?"
"그래도 얼마 안 남았으니까 확인하고 가는 게 마음 편할 거 같은데요."
"아… 야, 막내 너는 그냥 퇴근해."
"아니에요! 괜찮습니다."
"만약에 이거 일 터지면 계속 야근해야 해. 너 못 버틸까 봐 그러는 거야. 빨리 가서 쉬어. 일 있는 사람 퇴근해."

광고업계는 야근이 많다 보니 이직률이 높은 편이었다. 김 팀장은 막내까지 신경 쓸 건 아니라고 생각했다. 팀원들도 다들 비슷하게 느꼈다.

약속이 있던 몇몇 사람들은 퇴근을 했고, 김 팀장은 확인을 하기 위해 끝까지 남았다. 그리고 기다리던 8시가 되자 크리에이터의 라이브 방송이 시작되었다.

—안녕하세요! 준벅TV의 준벅입니다! 어우, 시청자가! 감사합니다! 좋아요와 구독!

“됐고, 빨리빨리 해라.”

김 팀장도 곧바로 알려주진 않을 거라고 예상했다. 하지만 시청자가 조금 더 늘면 알려준다는 말로 너무 뜸을 들이고 있었다.

“팀장님, 빨리 하라고 도네 좀 쏠까요?”
“아오, 내가 이런 걸 돈까지 내면서 봐야 해?”

김 팀장은 못마땅했지만, 조금이라도 빨리 확인하기 위해 후원까지 보냈다.

—어! 김강헌 님! 만 원 감사합니다! 이 후원금은 좀 더 나은 방송을 만들기 위해 쓰겠습니다! 또 만 원! 워우, 형님 감사합니다! 정말 궁금하셨나 봅니다! 제가 더 이상 뜸을 들이기도 힘들 것 같네요. 그럼 제가 준비한 영상을 보면서 공개하겠습니다! 최초 공개!

화면에서 HT의 광고가 나오기 시작했다. 이번에도 저작권 때문인지 짤막하게 나왔다. 또다시 준벅의 얼굴이 나왔다. 그러고는 또 뜸을 들이려고 하는 모습에 김 팀장은 서둘러 후원을 보냈다. 그러자 준벅이 곧바로 다음 화면을 보여주기 시작했다.

—여기 보이시죠? 제가 이거 알아내느라고 진짜 눈이 빠질 뻔했습니다. 여기 모자 쌓인 거 보이시죠? 거기 가장 밑에 놓인 모자를 봐주세요. 아주 살짝 스쳐 지나가니까 유의하면서 보세요. 빨간 테두리에 하얀색 챙 모자! 보이시죠? 스페인 분마의 모자죠!

이번에는 김 팀장이 보기에도 확실히 분마의 모자였다. 김 팀장은 서둘러 팀원들을 살폈다. 그러자 팀원들도 확신에 찼는지 모두가 일그러진 표정들이었다.

"아이 씨, 진짜. 좆 됐다. 뭔 광고를 이렇게 개같이 만들었어. 아……."

* * *

한겸은 한국보다는 대만의 반응을 우선적으로 두고 살폈다. 대만에 광고를 하는 것이기에 당연한 것이었다.

"반응이 슬슬 올라오네. 속도는 적당한 거 같네."
"응, 이제 딱 10위야."
"많이 올랐네."

"광고를 본 사람이 늘고 있다는 거고. 그럼 HT 플리 마켓 이용자 유입은?"

"그건 지금 확인 안 돼. 황 과장님이 내일 대만 HT에서 받아서 알려준다고 했어. 음원도 늘었는데 늘지 않았을까?"

"늘긴 했을 거 같은데 얼마나 늘었을지가 궁금하네."

한겸은 대만의 음원차트를 가만히 들여다봤다. 엄청난 속도로 올라가는 것은 아니었지만, 꾸준히 올라가고 있었다. 광고가 나온 직후부터 올라온 걸로 보면 확실히 영상과 함께해야 좋다고 느끼는 것 같았다. 광고를 내보낸 지 며칠 지나지 않았기에 앞으로도 더 많은 사람이 좋아해 줄 것이었다. 그러기 위해서는 사람들이 더욱 관심을 가져야 했다.

"수정아, 아직 찾은 사람들은 없지?"

"어, 지금 사무실분들이 계속 모니터링하는데 얘기 없대. 그냥 박재진 광고 영상 포근하고 좋고 그런 얘기만 있대."

"언제쯤 찾으려나. 다음 주 정도에 하나씩 나오는 게 적당할 거 같은데."

"안 나오면 우리가 직접 알리지 뭐. 다음 주는 괜찮잖아."

"그건 생각해 보자."

분마의 복장을 꼭꼭 숨겨두었기에 쉽게 찾지 못하는 것이 당연했다. 늦게 찾으면 늦게 찾을수록 광고의 수명이 길어지니 큰 걱정은 없었다. 지금도 박재진의 노래가 인기를 얻은 이상, 한동안은 반응이 시들해질까 걱정하지 않아도 될 것이었다. 한겸은 옆에서 열심히 모니터링을 하던 범찬을 봤다.

"범찬아, 박재진 씨한테 대만 10위라고 연락드려. 좋아하시겠다."

"지금? 조금 더 기다렸다가 1위 하면 알려주는 게 낫지."

"그런가? 너무 초조해하시니까 지금 알려 드리는 게 나을 거 같은데."

"야, 그럼 1위 했을 때 감동이 줄지! 순위에도 없던 게 계속 40위, 30위, 40위 왔다 갔다 하다가 갑자기 1위라고 하면 그 감동! 그 전율! 그걸 위해 참는 거지. 너도 전화하지 마."

"무슨 이벤트 기획해?"

"광고 회사 오너로서 이런 건 항상 생각해 둬야 하는 거 아니야?"

범찬은 능청스럽게 웃었고, 한겸은 자신이 연락을 해야겠다고 생각했다. 그때, 범찬의 휴대폰이 울렸다.

"참, 어떻게 알고 또 전화한 거야. 네, 재진 형님!"

따로 전화할 필요가 없어진 한겸은 웃으며 통화하는 범찬을 지켜봤다. 그런데 순위에 대한 얘기는 하지 않고 듣고만 있었다. 그러던 범찬이 입을 열었다.

"준벅TV가 뭔데요? 대만이에요? 아, 한국 Y튜브 채널이요. 잠시만요. 저희도 확인하고 다시 연락드릴게요."

통화를 마친 범찬은 곧바로 입을 열었다.

"야, 벌써 알아차린 사람 나타났대. 한국 Y튜브 서버에 준벅TV 검색해 봐."

"우리나라에서 먼저?"

범찬의 말이 끝나기 무섭게 모니터링을 하던 종훈이 크게 소리쳤다.

"라이브 방송 하는데? 방송 제목이 박재진의 실체야. 지금 하고 있다."

한겸은 곧바로 종훈의 옆으로 자리를 옮겼다. 그러고는 준벅TV의 라이브 방송을 보기 시작했다.

—만 원 후원 감사합니다!

"와, 돈 잘 번다. 구독자 보면 얼마 안 되는데 크리에이터도 할 만해 보인다. 지금 시청자가 200명밖에 안 되는데."

"보는 사람은 적네요."

"그런데 이 정도면 구독자에 비해 많은 편 같은데. 그런데 뜸을 너무 들이네. 어? 또 누가 만 원 보냈다. 김강헌 이 사람 뭔데 이런 방송에 돈을 막 주는 거지?"

"박재진 씨 팬인가 보죠. 분위기 보면 그냥 시청자 끌어모으려고 그러는 거 같죠?"

그때, 후원 덕분인지 화면 속 준벅이라는 사람이 곧바로 공개를 하겠다고 말했다. 한겸은 진짜 발견한 건지 궁금한 마음에 관심 있게 지켜봤다. 그때, 광고 앞부분에서 박재진이 옷방에 들어가는 장면이 보였다. 그러고는 영상이 끝났고, 한겸은 더 이상 보지 않아도 준벅이라는 사람이 알아냈다는 걸 알 수 있었다. 딱 모자가 나오는 장면에서 영상을 멈췄다.

한겸의 예상대로 준벅은 시청자들에게 모자를 언급했다. 화면을 멈추고 확대까지 했고, 스페인 분마의 모자 사진만 가져와 비교까지 했다. 라이브 방송을 보던 한겸은 진심으로 감탄했다.

"와… 진짜 빨리 찾았네."

"얘 뭐야. 어떻게 찾은 거지?"

그때, 화면 속 준벅이 뿌듯한 표정으로 입을 열었다.

—우연히 이 광고 영상을 봤는데 휘파람 부는 게 자꾸 입에 맴돌더라고요. 그래서 그 부분을 자꾸 보다 보니까, 제가 처음에 올린 영상 보셨죠? 거기서 그 TV 밑이 조금 이상한 거 같았어요. 그래서 혹시나 하고 찾아보기 시작한 거죠.

한겸은 입까지 벌리며 놀란 표정으로 팀원들을 쳐다봤다. 그러자 팀원들도 자신이 들은 게 맞냐는 얼굴이었다. 그중 종훈은 믿을 수 없다는 표정으로 모니터를 손가락으로 가리키며 말했다.

"한겸아, 얘 지금 칼 찾았다는 거야? 그거 제일 찾기 어렵게 숨겨놓은 건데?"

"그런 거 같은데요."

"그걸 어떻게 찾았어?"

"영상 있다고 했죠? 진짜인가 한번 봐요. 이건 켜놓고, 수정아, 네가 찾아봐."

영상을 찾은 수정은 곧바로 재생 버튼을 눌렀다. 그러고는 앞부분은 보지도 않고 칼에 대해 언급을 할 때까지 화면을 계속 돌렸다. 준벅은 마지막 부분에서 정확히 레이피어에 동그라미까지 쳐가며 분마의 레이피어라고 밝혔다. 화면을 보던 한겸은 자신도 모르게 헛웃음을 뱉었다.

"와, 이 사람은 상 줘야겠는데? 받침대 기둥하고 비교까지 했네. 이렇게까지 준비하려면 더 빨리 찾았다는 거 아니야."

"어? 그러네."

"댓글은 뭐래?"

수정은 스크롤을 내려 댓글들을 보이게 했다. 그리고 가장 위에 '좋아요'가 많이 달린 댓글을 보던 한겸은 어이가 없는 웃음을 지었다.

—과대망상증?

"직접 비교까지 하면서 보여줬는데도 안 믿네. 더 내려봐."

댓글들은 대부분 부정적이었다. 준벅이라는 사람이 진실을 말하고 있음에도 거의 대부분이 부정하고 있었다.

—준벅 님의 주장은 부족한 면이 있어 보입니다. 레이피어라고 언급하신 건 제가 보기에는 전선을 숨기기 위한 쫄대로 보이네요. 세트장에 준비된 TV가 매립식이 아니었을 수도 있고요. 대만은 매립식을 하지 않을 수도 있고요. 제가 본 쫄대와 상당히 비슷해 보이네요.
—ㅋㅋ님, 이렇게 한다고 구독이 늘어남?
—어이가 없네. 우리 집 TV 밑에도 비슷한 거 있는데 그럼 나도 분마?
—쫄대보다는 대리석 몰딩 같은데. 잘 보면 그 옆에도 비슷한 거 하나 보임. 단지 조명으로 인해 빛이 굴곡돼서 금속처럼 보이는 거 같음.

댓글을 보던 한겸은 이마를 긁적였다. 정답을 내놓고도 부정을 당하고 있는 모습은 자신이 생각하던 그림이 아니었다.

"너무 어렵게 숨겼나? 미안해지네."
"원래 사람 하나 바보 만들기 쉬운 법이지."
"종훈이 형, 라이브 방송 반응은 어때요? 거기는 좀 낫죠?"

종훈은 실시간으로 올라오는 채팅을 보며 고개를 저었다.

"그 영상보다는 나은데 그래도 부정적인 말들이 많네. 올해 최고의 개소리라고 그러는 사람도 있어. 그래도 진짜로 믿는 사람도 생긴 거 같아."
"다행이네요. 저 사람 멘탈이 엄청 강하네."
"나도 신기하네. 나 같았으면 엄청 답답해했을 거 같은데 조곤조곤 잘 설명하네."

그때, 화면 속에서 시청자들의 댓글을 하나하나 설명하던 준벅이라는 사람의 목소리가 들렸다.

—아직 찾지는 못했지만 저는 이게 끝이라고 생각하지 않아요. 조만간 또 다른 증거를 들고 여러분을 찾아뵙겠습니다. 그럼 그때 다시 만나는 걸로 하죠! 오늘 방송은 여기서 마칠게요! 구독과 좋아요! 알림 설정은 저에게 큰 힘이 됩니다!

그 말을 끝으로 라이브 방송이 끝났다. 보는 사람도 적었고

방송을 본 사람 중에서도 믿는 사람이 적긴 했지만, 준벅이라는 사람이 불씨를 던져놓긴 했다. 이제 그 불씨가 커지는 것을 지켜보면 되었다. 다만 예상보다 빨랐기에 조금 천천히 퍼지길 바라는 마음이었다.

"고생하고도 욕먹는 거 보니까 짠하네. 우리라도 구독과 좋아요라도 좀 눌러줘."

*　　　*　　　*

다음 날, 회사로 오는 도중 사무실 직원에게 믿을 수 없는 말을 들었던 한겸은 출근을 하자마자 급하게 사무실부터 들어왔다. 사무실에는 이미 출근해 있던 팀원들이 모니터를 보고 있는 중이었다. 그중 자신을 발견한 임 프로가 입을 열었다.

"김 프로님! 지금 난리도 아니에요!"

한겸은 서둘러 팀원들이 모여 있는 곳으로 자리를 옮겼다.

"왔어?"
"응, 영상이 그렇게 많이 올라왔어?"
"어젯밤 사이에 미친 듯이 올라왔대."
"갑자기 왜?"
"알고리즘 때문이지. 재진이 형님 음악 몇 번 들으면 저절로

재진 형님이 연관된 추천 영상이 나오잖아. 그러다 보니까 준벅TV 영상이 추천 영상으로 뜬 거야. 그걸 본 크리에이터들이 재미있다고 느꼈는지 너 나 할 거 없이 미친 듯이 올리고 있어."

옆에 있던 수정도 말을 보탰다.

"광고를 본 사람은 음악을 좋아하니까 찾은 거 같아. 아마 오늘 중으로 한국 음원차트 1위도 찍을 거 같고."

"대만은?"

"대만도 점점 올라가서 지금 3위였어. 아직 분마에 대해서 퍼지진 않았고. 곧 퍼질 거 같은데 그럼 곧바로 1위 될 듯."

수정의 말이 끝나자 종훈도 곧바로 입을 열었다.

"지금 유명한 크리에이터들도 영상을 올리니까 이제는 진짜라고 확신하는 거 같아. 어제 준벅TV에 악플 단 사람들도 전부 글 삭튀 했어."

"댓글 다 지웠어요?"

"어, 수정한 사람도 있고. 그리고 준벅TV 구독자 하룻밤 사이에 만 명 늘었더라."

"또 뭐 찾은 거 있어요?"

"준벅이 찾은 건 없어. 그래도 영상 조회수는 엄청나."

"다른 사람들이 찾은 건요?"

"영화 리뷰하는 사람이 부채 찾았다는 영상 올렸어. 다른 건 아직 없고."

"영화 리뷰하는 사람이요?"

"신기하지? 게임 전문 크리에이터도 올리고 있어. 일단 먼저 보고 얘기해."

"올라가서 봐요. 다들 계속 확인해 주세요."

사무실 직원들이 HT의 업무만 보는 것이 아니었다. 포스터 제작에 관한 것부터 외주 업체 등 전체적으로 조율을 하고 있다 보니 한겸은 서둘러 기획 팀 사무실로 올라왔다. 그러고는 곧바로 영상을 확인했다.

"부채도 화초 뒤에 놓아둬서 찾기 어려웠을 텐데 진짜 찾았네."

"이거 때문에 탄력받았지."

"진짜 대단하다. 너무 빠르다."

"네가 우리나라 사람들에 대해서 너무 모르고 있었던 거지."

"다 예상하고 분석해서 정한 건데 뭘 몰라."

"게임도 그랬지. 몇 개월 동안 진행해야 되는 콘텐츠들도 며칠 만에 깨부수는 게 한국인이거든. 크크."

범찬의 말처럼 한번 시작되자 끝을 보려는지, 지금 이 순간에도 엄청난 영상이 올라오고 있었다. 한겸은 그런 영상들을 천천히 살폈다. 준벅TV 화면을 그대로 가져온 사람도 있었고, 조금만 바꿔 영상을 올린 사람도 있었다. 대부분 준벅이 언급했던 내용들이었다. 그리고 그런 영상들에는 양심이 없다는 댓글이 주를 이뤘고, 최초로 올린 준벅TV가 언급됐다.

한겸은 준벅TV에서는 어떤 반응일지 궁금했다. 채널에 들어가 영상을 보니 신기하게도 어제 그렇게 준벅을 욕하던 사람들의 댓글은 대부분 삭제되거나 밀려나 있었다. 대신 똑같은 댓글이 엄청나게 달려 있었다.

—성지 순례 왔습니다.

—대학 가게 해주세요!

—ㅋㅋㅋ진짜 어떻게 찾은 거임? 얼마나 봐야지 그걸 찾고 있냐고. 미쳤냐고.

예상보다 빨리 찾은 것은 못마땅했지만, 준벅TV의 댓글을 보자 기분은 좋아졌다. 역시 무엇이든지 제대로 한다면 분명히 인정을 받을 수 있다는 것을 실제로 보여주고 있었다. 한겸이 이상하게 뿌듯함을 느낄 때, 수정이 고개를 획 돌렸다. 수정이 지금 급하게 고개를 돌릴 일이라고는 많지 않았기에 한겸이 먼저 입을 열었다.

"1등 됐어?"

*　　　*　　　*

라온의 이종락은 정신을 차릴 수가 없었다. 박재진은 소속

연예인 중에서 그다지 높은 비중을 차지하는 편이 아니었는데 C AD와 광고를 한 이후부터 변해 버렸다. 연예프로그램이나 각종 예능프로그램은 물론이고 라디오까지 섭외 연락을 해왔다. 그리고 지금은 그것이 최고조에 달해 있었다.

"뭐, 다 거절만 해야 해. 예능 나가서 분마라고 밝힐 수도 없고."

"사람들 다 아는데 그냥 나가면 안 돼요? 저번처럼 그냥 시치미 떼면 되잖아요."

"넌 김 프로 그 사람 몰라서 그래. 계약 조항에 분마 언급하지 말라고 다 있거든? 그랬다가 언제 팽 당할지 몰라."

"다른 광고 엄청 들어오잖아요. 다른 광고 하면 되잖아요."

"지금 재진이 형 이미지에서 다른 광고 하는 건 크게 도움이 안 돼. 그냥 잠깐 반짝하고 말지. 그거보다 분마에 관련된 걸로 주욱 해야 돼. 지금도 분마 하다 보니까 HT 광고 모델도 하고 재진이 형 노래도 1등 됐잖아."

"생각해 보니까 그렇네요. 전부 김 프로님 만나고 나서부터 그렇게 됐죠? 역시 사람 일이란."

"우리나라야 분마 분석 영상 올라오니까 그러려니 하는데 내가 대만에서, 그것도 해외 차트가 아니라 대만 차트에서 1위 할 줄은 꿈에도 몰랐다."

대만에서도 결국 1위를 찍었고, 한국은 광고 분석 영상이 올라오기 시작하자 수직 상승을 해 1위에 자리하고 있었다. 그래서 현재 두 나라의 차트에서 1위를 하고 있었다.

"진짜 신기해. 별 반응도 없던 사람들이 광고가 나오니까 조금씩 반응을 보이잖아. 그리고 지금은 아주 폭발적이야. 그래프 보면 2등하고 완전 벌어져 있잖아."

"그게 서로 도움이 돼서 그런 거 같아요. 영상을 보면 노래가 듣고 싶고, 노래를 듣다 보면 영상이 보고 싶고."

"진짜 김 프로가 난놈이긴 난놈이야. 처음에는 그냥 애 같아서 돌려보낼 뻔했는데 그랬으면 어쩔 뻔했어."

종락은 며칠 동안 찾아오던 한겸을 떠올리며 피식 웃었다. 그것도 잠시, 직원에게 급하게 입을 열었다.

"엄경용은 어떻게 됐어? 얘기해 봤어?"

"네, 그런데 완강하더라고요."

"왜? 우리가 작업실도 준비해 준다고 했어?"

"다 했죠. 그래도 소속되어 있기 싫다고 그래요."

"그래? 지금 김 프로 분위기 보면 엄경용하고 계속 같이 일할 거 같은데. 그럼 우리가 잡는 게 좋을 거 같단 말이지."

"이유를 물어보니까 7년 동안 정산을 제대로 못 받았나 보더라고요. 그래서 좀 꺼려 하는 거 같아요."

"왜 정산을 못 받아? 어딘데! 미친 거 아니야?"

"천가길이 인기가 없으니까 정산을 못 받죠. 전부 활동비, 유지비로 뿜빠이 하면 애들이 버는 게 뭐가 있어요."

어느 정도 이름이 있는 아이돌도 수익이 적은데 무명 밴드였으니 더 힘들었을 것이다. 종락은 씁쓸한 표정으로 말을 이었다.

"아쉽네. 하여튼 이 바닥도 좀 바뀌어야 해. 그런데 이유가 그게 다야? 설마 우리 말고 다른 데 가는 거 아니야? 지금 엄경용 찾는 회사 많을 거 아니야."

"그렇긴 한데 솔직히 조건은 다 비슷비슷하니까요. 그래도 저희가 인지도가 있는데 오려면 저희한테 오겠죠. 그거보다 애가 조금 특이하더라고요."

"왜?"

"어디 들어갈 생각이 없대요. 그냥 김 프로님 얘기만 하던데요."

"김 프로는 왜?"

"김 프로님하고만 일하고 싶대요. 그래서 자기 음악 실력을 발전시키고 싶다는데요. 그다음에 음악에 대해 자신이 생기면 그때는 생각해 본다고 그러더라고요."

"김 프로는 도대체 뭘 한 거지? 참 이상하단 말이야. 재진이 형한테 도와달라고 해보지."

직원은 고개를 절레절레 젓고는 말을 이었다.

"말도 못 꺼냈어요. 우리 소속인지 C AD 소속인지. 엄경용 씨한테 C AD랑 편하게 일하라고 부추긴 사람이 박재진 씨예요."

"아 참, 그 양반은."

이종락은 아쉬운 마음에 입맛을 다셨다.

*　　　　*　　　　*

HT의 해외 사업부도 Y튜브나 자신들의 플랫폼인 HTV에 올라오는 영상을 확인하느라 정신이 없었다. 그럼에도 다들 재미있다는 표정들이었다. 특히 황 과장은 소리까지 내가며 웃었다.

"푸하하, 얘는 완전 헛다리네. 여기가 무슨 도포 자락이야. 그냥 커튼인데. 어휴."

"황 과장, 그만 좀 웃고. 대만에서 연락 온 거 없어?"

"아직이요. 이용자 변동 수집해서 보내준다고 했습니다."

"그거 말고 대만에서 찾은 거 없대?"

"조금 느린가 봅니다. 우리나라가 워낙 그런 거에 빠르지 않습니까."

"어휴, 무슨 대만 광고인데 왜 우리나라에서 광고가 되고 있어. 이러다 우리나라에서 다 발견하는 거 아니야?"

황 과장은 걱정 말라는 듯 활짝 웃으며 입을 열었다.

"김 프로님이 걱정 말라고 하던데요."

"뭘 걱정 마. 이러다 콘텐츠를 다 우리나라에서 소비하게 생겼는데.”

“대만에서도 곧 찾을 거래요. ‘사랑을 나눠요’가 1등이잖아요. 그래서 광고를 끝까지 보는 사람도 엄청나대요. 게다가 우리나라 사람들 덕분에 찾지 말라고 해도 찾게 될 거래요.”

“그게 무슨 말이야.”

“아시잖아요. 남들 모르는 거 자기만 알고 있을 때 그 쾌감! SNS가 있는데 그걸 가만히 있겠어요? 한국 사람이면 SNS 엄청 하잖아요. 게다가 남들 반응 보는 것도 좋아하고. 국뽕! 모르세요?”

“후, 아무튼 그랬단 말이지?”

“네, 분마 캐릭터나 잘 준비하라고 그랬어요. 다 찾는 즉시 곧바로 나올 수 있게요. 다 완성되면 확인하게 보내달라고 했어요.”

“그건 걱정 말고.”

그때, 황 과장의 컴퓨터 메신저에 메시지가 도착했다. 황 과장은 곧바로 메일을 열었다. 그러고는 보지도 않고 프린터를 누른 뒤 읽어보기 시작했다.

“우리나라는 참 특이해. 다른 나라는 안 그러는데 우리나라는 동시에 여러 가지 메신저를 쓰는 사람이 많단 말이야.”

“왜? 우리나라 이용자도 늘었어?”

“네. 저희 이용자 엄청 늘었는데요? 그렇다고 다른 메신저들 이용자가 줄진 않았어요. 휴, 대만도 이렇게만 됐으면 좋겠네.

어? 1%? 어?"

"야, 자료 도착했으면 빨리 보고서부터 가져와야지. 왜 너만 보고 앉아 있어."

"잠시만요."

"그냥 가져와. 본부장님 임원 회의 다녀오시면 곧바로 보고해야 된다고."

"보고서가 이상해서요. 플리 마켓 이용자가 1% 올랐대요. 이거 확인부터 해야 될 거 같아요."

"어? 1%? 어디! 우리나라? 대만?"

"대만이요! 저희 HT 플리 마켓 이용자가 1%가 늘었다는데요. 이거 우리 이용자들에 비례해서인지 아니면 대만 메신저 이용자들까지 포함인지 확인해야죠."

"1%……?"

가만히 생각하던 부장도 흠칫 놀랐다. 그러고는 이내 아니라는 듯 고개를 저었다.

"우리가 예상했을 때 총 이용자가 10만 명이야. 그것도 1년에. 그런데 1%면 거의 20만 명 정도 되는데 그 짧은 사이에 1% 느는 게 말이 돼? 한국에서랑 속도가 비슷하다고?"

"그러니까요. 이제 일시적인 건지 지속 이용자인지도 확인해야 돼요."

황 과장은 곧바로 대만에 연락을 했다. 그러고는 한참 통화를 하고 나서야 프린트에 나온 종이를 들어 올렸다.

“미쳤네. 이거 본부장님한테도 다이렉트로 들어갔나 본데요.”

“설마… 전체 이용자들 중에 1%야? 우리가 초콜릿하고 파이온에서 이용자들 빼 왔다고?”

“네. 믿기세요? 제가 알기로는 파이온하고 초콜릿도 이 정도 속도는 아니었을 건데. 이건 뭐 이용자 느는 속도가 미쳤는데요.”

황 과장만이 아니라 3팀의 모든 직원들이 얼떨떨한 표정이었다. 그것도 잠시, 모두 성공적인 소식에 환호하기 시작했다. 그러자 다른 팀에서도 궁금해하며 기웃거렸고, 환호하던 직원들이 그 소식을 전했다. 그러자 해외 사업부 전부가 환호하기 시작했다. 그때, 본부장이 평소의 차분한 표정이 아닌 무척 상기된 표정으로 사무실에 들어왔다. 본부장은 사무실의 이상한 분위기를 느꼈는지 헛기침을 하며 입을 열었다.

“좋은 소식 들었습니까?”

“플리 마켓이 대만에 성공적으로 론칭했다는 소식 방금 알았습니다!”

“그렇군요. 알고 있었군요. 후후, 서둘러 왔는데.”

본부장은 환하게 웃으며 말을 이었다.

"2팀 전체 대만으로 출장 가야 됩니다. 최소 한 달 예정되어 있고, 현지 업무 지원을 하게 될 겁니다. 주변에 알리고 내일모레 같이 출발합니다. 그리고 2팀을 제외한 다른 부서들은 HT맵팀과 회의해야 하니 준비하세요."

"HT맵이요?"

"플리 마켓의 성공적인 진출 덕분에 HT맵이 마리아톡과 연동될 수 있도록 기획할 수 있냐는 지시 사항입니다."

해외 사업부 직원들은 저마다 고개를 숙이며 웃었다. 본부장의 목소리가 어찌나 큰지, 지금까지 저런 모습은 처음이었다. 본부장은 환하게 웃으며 회의실로 먼저 들어가 버렸다. 수장인 본부장이 기분 좋아 보이자 직원들도 덩달아 힘이 나는 표정으로 회의실로 향했다. 그러던 중 3팀 부장이 황 과장의 등을 두드렸다.

"회의한다잖아. 지금 기분 좋다가도 늦으면 급변한다."

"잠시만요. 이거 임 프로한테 보내줘야죠."

"회의하고 보내주면 되잖아."

"계속 기다리고 있었어요."

"너는 진짜 C AD 직원이야?"

"협력하는 동료잖아요. 이게 우리 혼자만 일궈낸 건 아니잖습니까. 금방 보냅니다!"

황 과장은 웃으며 곧바로 메일을 보냈다.

*　　　*　　　*

한겸은 개인 방송의 시대라는 말을 온몸으로 느끼고 있었다. 처음으로 분마를 언급한 준벅은 짧은 시간에 구독자가 10만 명이 되어버렸고, 그 영상을 바탕으로 뉴스까지 만들어지고 있었다.

「전문가들은 이번 HT의 광고가 비슷한 광고들이 쏟아져 나오는 광고계에 커다란 파장을 불러일으킬 것이라고 예상했다. 분마인 박재진을 모델로 삼고, 그 분마의 소품을 이용해 광고에 몰입성을 높였다. 두 기업의 광고가 한 광고에 녹아들어 있는 셈이다.

기존에도 콜라보레이션을 통해 기업들이 함께 홍보를 한 적은 있었다. 하지만 어느 한쪽으로 치우치게 마련인데 HT의 광고는 분마의 소품을 숨김으로써 캐릭터를 유지하며 HT까지 홍보했다. 이런 광고는 기존에 볼 수 없는 파격적인 형식으로, 앞으로 많은 기업들이 협업을 하게 되면 이런 형식의 광고를 제작하리라 예상된다.」

함께 기사를 보던 범찬은 무척 아쉽다는 표정으로 입을 열었다.

“와, 우리 얘기는 어떻게 하나도 없네.”
“광고 일이 원래 그렇잖아.”
“난 좀 뒤에서 받쳐주는 것보다 앞에서 나대는 게 좋은데.”

"광고 일하고 안 맞는 거 같은데. 그만둘래?"

"뭔 말을 그렇게 살벌하게 해. 아직 아파트 사려면 멀었고만! 그런데 넌 무슨 기사를 하루 종일 찾아보는 거야. 대만 영상 살펴도 부족할 시간에."

한겸은 쓴웃음을 지었다. 광고가 성공 궤도에 올라오자 박재진 혹은 음악이나 분마에 대한 반응이 아니라 광고 본연에 대한 평가가 궁금했다. 자신이 본 대로 만든 광고가 제대로 된 광고인지 잘 만든 광고인지 궁금해서 기사를 찾아봤지만, 그런 내용은 전혀 없었다.

모두가 분마를 언급하거나 박재진과 곡을 언급하느라 바빴다. 물론 광고가 잘 만들어졌으니 사람들도 그런 반응을 보이는 것이겠지만, 광고의 구성이나 배치 색감 등 전체적인 평가도 듣고 싶었다.

한겸은 보고 있던 인터넷 창을 닫고는 기지개를 켜며 입을 열었다.

"대만은 어떤데?"

"난리도 아니지! 가만 보면 SNS 하는 애들은 죄다 미친놈들 같아."

"너도 하잖아."

"그러니까 나까지 포함해서. 도대체 왜 타이베이 시청 SNS에다가 자랑을 하는 거야."

"시청에도 올렸어?"

"어! HT 광고에 숨은 비밀을 알고 싶냐고 그딴 식으로 올렸어. 처음에 재진 형님 SNS에 올렸을 땐 그나마 이해라도 하지. 이제는 하다 하다 시청에 올려. 이러다가 HT에 부정적인 이미지 생기면 큰일 난다. 누구 망하는 꼴 보려고 저러는 건지."
"대만에서 찾은 건 아직 없지?"
"아직! 대만에서도 찾아야지 그나마 괜찮을 텐데! 대만에도 지금 광고에 분마 소품 숨겨져 있다는 건 다 알 거야."

한겸은 피식 웃었다. 대만 크리에이터들도 소식을 접하고 광고에 숨겨진 소품을 찾는 영상을 올렸다. 하지만 대부분이 한국에서 찾은 것들이었기에 뒷북을 치고 있었다. 그래도 덕분에 HT 영상은 엄청난 인기를 누리고 있었다. 따로 광고를 할 필요가 없을 정도로 사람들이 광고 영상을 찾아보고 있었다. 그러다 보니 머지않아 하나 정도는 먼저 찾지 않을까 생각하고 있었다. 그때, 수정이 갑자기 큭큭거렸다.

"방수정 왜 저래?"
"크흡. 후, 후! 아, 미치겠다. 이거 가만있어도 엄청 떠들어대네. 대만 사람인가 본데 박재진 씨 SNS에 중국어로 도발했어. 너희들로서는 찾을 수 없는 걸 자기가 찾았대."
"국가 대항전이야, 뭐야."

*　　　*　　　*

다음 날, 범찬이 우스갯소리로 했던 말이 실제로 벌어져 버렸다. 먼저 도발을 한 것은 한국 사용자들이었음에도 한 대만인의 도발에 다들 불타오르기 시작했다. 시작은 크리에이터들이었다. 너 나 할 것 없이 자극적인 썸네일을 걸어놓고 영상을 올려놓기도 했고, 개인 방송에서도 수시로 방송 소재로 삼고 있었다.

"진짜 미친놈들 같아. 뭔 전쟁이야! 행님들! 우리가 대만에 지면 되겠습니까? 우리 대한민국 사람 아닙니까! 대한민국의 파워를 보여줘야 하지 않겠습니까! 뭘 보여줘!"

"잘하네. 너도 개인 방송이나 해라."

"진짜 할까? 내가 더 잘할 거 같은데? 난 팩트 기반이잖아."

"진짜 하면 안 된다! 뭔 말을 못 하겠네."

한겸은 고개를 젓고는 영상을 봤다. 말은 전쟁이라고 하고 있지만 모두가 즐기고 있었다. 대만에서도 상황은 크게 다르지 않았다. 한국에서 영상이 계속 올라온 덕분에 대만에서도 질 수 없다는 듯 영상들이 올라왔다. 그 덕분에 한겸의 예상보다 훨씬 빠르게 분마의 소품들이 밝혀지고 있었다.

그렇다고 콘텐츠가 전부 소비될까 걱정되지는 않았다. 걱정을 하지 않게 만든 것도 한국 사람들 덕분이었다. 소품을 찾는 걸로 경쟁을 하더니 이제는 플리 마켓 칸을 여는 것으로 도발을 했다. HT가 바보가 아닌 이상 똑같은 내용의 조건을 준비하지는 않았을 텐데도 SNS에는 절대 알려주지 말라며 쉬쉬거리는 내용의 글도 돌아다녔다.

일단 경쟁에 불이 붙자 대만의 크리에이터들도 지고 싶지 않았는지 플리 마켓의 칸을 열기 위해 갖가지 방법을 동원했다. 그리고 자신들의 실패 영상을 올리면서 사람들에게 자연스럽게 HT가 노출되고 있었다.

그러다 보니 이용자가 믿기 힘들 정도로 늘어났다. 광고의 목적은 대만 사람들에게 HT의 플리 마켓을 알리고 HT의 이름 자체를 이용자들에게 인식시키는 것이었는데 이미 성공적으로 달성해 버렸다. 그뿐만 아니라 분마가 계속해서 언급이 되었기에 분트 역시 사람들의 입에서 내려오질 않고 있었다.

대만 데이터센터에서 돈을 지불하고 데이터까지 구매한 수정은 수치를 보며 놀랐다.

"이거 한번 볼래? 왼쪽에 있는 게 파이온이 대만에서 처음 자리 잡을 때 속도인데 HT는 그때보다 더 빨라. 그때는 대만에 그렇게 유명한 메신저가 없어서 이런 수치가 가능했대도 지금은 얘기가 다르거든. 게다가 이미 떨어져 나간 사용자가 늘어나는 건 더 힘들고. 그런데 열흘도 안 돼서 전체 이용자 1.3% 올랐어."

"전체적으로 얼마나 유입이 될 거 같아?"

"그건 정확한 분석은 어려워. 자료가 한계가 있으니까. 그런데 유입되는 속도나 지금 검색사이트에 검색하는 패턴들을 분석하면 적어도 8% 이상은 될 거 같아."

"HT가 목표로 삼은 것보다 훨씬 높네."

"걔네는 자료가 많으니까 정확하게 뽑았겠지. 더 높을 수도 있고 낮을 수도 있고."

"이제 여기서 빵 터뜨리면 될 것 같네. 종훈이 형, HT에서 연락 없어요?"

대만 HT 플리 마켓의 칸을 열기 위해 애를 쓰던 종훈은 고개를 저으며 말했다.

"한국 분마 도포랑 스페인 분마 안대만 찾으면 다 찾는 거잖아. 너무 빨리 찾아서 지금 엄청 바쁜가 봐. 그래도 오늘 안에는 보내준다고 했는데 아직까지는 연락 없네."

"빨리 보내줘야 할 텐데. 그런데 형은 아직 한 칸도 못 열었어요?"

"응, 아무리 대만이라지만, 우리한테도 숨길 줄은 몰랐네. 조건이 뭔지를 모르겠어. 친구 추가도 아니고 그렇다고 서비스 지역이 아니래서 구매나 판매도 안 되고."

"왜 그렇게 열심히 해요?"

"국가 대항전이잖아. 대한민국 사람으로서 질 수 없지!"

"대만 서비스인데 왜 형이 찾아요, 하하."

한겸은 이상한 데서 열심히 하는 종훈을 보며 웃고는 다시 영상을 보기 시작했다. 그때, 알림 설정까지 해놓은 덕분에 준벅TV에 새로운 영상이 올라왔다는 알림이 왔다.

"어, 이 사람 스페인 분마 안대 찾았네."

"진짜? 대박이네."

다들 각자의 자리에서 준벅TV에 올라온 영상을 확인했다. 영상을 보던 범찬은 실실 웃으며 입을 열었다.

"겸쓰, 우리 이 사람한테 돈 받아야 되는 거 아니냐? 구독자 10만 명이 넘었어. 듣보잡이었는데 이제는 분마 전문가라고 다른 크리에이터들이랑 합방도 하던데."

"처음부터 그러라고 만든 광고인데 무슨 돈을 받아. 우리가 줘도 모자랄 판인데."

"좋아요 줬으면 됐지. 뭘 또 돈을 줘. 그런데 어려운 건 이렇게 잘 찾으면서 가장 쉬운 건 왜 못 찾아. 소파 위에 떡하니 올라가 있는데 그냥 커버로 보는 건가?"

"그러게."

"아무튼 이거 또 대만에다가 도발하게 생겼네."

그때, 노크하는 소리가 들렸다. 직원이라면 노크를 하고 기다리지 않을 것이니 한겸은 일어나서 문을 열었다. 그러자 딱 봐도 피곤에 찌든 얼굴의 황 과장이 보였다.

"오셨어요? 임 프로님이랑 같이 올라오신 거 아니에요?"

"빨리 하고 빨리 가야 해서요. 들어가도 될까요?"

"네, 들어오세요."

황 과장은 보는 사람마저 피곤을 느낄 정도의 얼굴이었다. 그런 황 과장은 오자마자 태블릿PC부터 넘겼다.

"분마 캐릭터 완성됐습니다. 마지막 포즈가 메인이고요. 그 외에도 노래 부르는 포즈부터 해서 총 13가지 버전입니다. 기본 제공은 메인으로 제공되고요. 나머지도 한번 보세요."

팀원들도 궁금했는지 급하게 한겸의 옆으로 다가와 태블릿을 쳐다봤다.

"와, 이거 너무 귀엽다. 기브 앤 테이크 글씨도 나오네. 한겸아, 다른 것도 넘겨봐."

"중국어 같은데. 뭐라고 하는 거예요?"

한겸은 노래를 부르고 있는 분마를 보며 물었다.

"그거 사랑을 나눠요 가사입니다. 이번에 디자인 팀이 고민해서 만든 거예요. 괜찮을까요? 저희 마음대로 쓸 수가 없어서요."

"아하, 이 정도는 괜찮네요."

"휴, 다행이다."

한겸은 피식 웃고는 남아 있는 것까지 전부 확인을 마쳤다. 캐릭터를 많이 만들어봐서인지 확실히 생동감도 있었고, 귀엽기도 했다.

"이 정도면 괜찮을 거 같아요. 고생하셨어요. 엄청 바쁘신가 봐요."

"죽겠어요. 저희만 그런 게 아니라 회사 전체가 죽을 맛이에요."

"왜요? 무슨 일 있어요?"

"다 C AD 분들이 일을 잘해준 덕분이죠. 지금 고객관리 팀에는 광고에 나온 분마 정보 묻는 전화가 미친 듯이 걸려와요. 메신저 상담에도 죄다 분마 광고에 숨어 있는 거 뭐냐고 물어보고 난리도 아닙니다."

"고객관리 부서가 따로 없어요?"

"있죠. 그냥 그 정도로 바쁘다는 겁니다. 우리 부서는 우리 부서대로 바쁘고 한국 관리 부서도 난리도 아니에요. 막 자기네들하고 협업해 달라고! 캐릭터 있다고! 난리도 아니죠. 그리고 지금 대만하고 경쟁하잖아요. 그런데 만약 대만에서 도포 발견하면 난리 나거든요. 그런 데다가 대만에만 분마 캐릭터 딱 내놓으면 난리도 그런 난리가! 생각만 해도……."

"그래서 한국에서도 서비스할 예정이에요?"

"그래서 그거 때문에 찾아뵌 거예요. 한국 분마 관리는 C AD가 아니라 한국 분트에 권리가 있더라고요."

한겸은 고개를 끄덕거렸다. 이번에 위임받은 건 대만 분마에 한해서였다. 그런데 그걸 알면서도 자신에게 얘기를 꺼내놓는 게 의아했다.

"그런데 분트하고 미팅 날짜를 빨리 잡아야 되는데 자꾸 미룬다네요. 지금 아마 한국 마케팅 팀이 분트 찾아갔을 거예요."

"네? 왜요? 아… 지금 분트도 난리겠네요."

"그렇죠. 마음 같아서는 차라리 빨리 다 찾고 끝냈으면 좋겠는데. 그러면 또 한국에만 서비스가 없다고 그러면서 차별한다고 들고일어날 게 뻔하거든요. 내수용과 외수용 차이 두면 막 난리 나는 거 아시죠?"

"그렇죠. 게다가 지금은 관심이 쏠려 있으니까 더하겠네요."

"그래서 빨리 한국 분마도 해결해야 되거든요. 아주 임원들이 난리가 났어요. 다들 숟가락이라도 걸치려고 그러거든요. 마케팅 팀에는 어떻게든 따 오라고 그러고, 디자인 팀에는 일단 만들어놓으라고 하고 그러고 있어요. 아주 회사 전체가 난리도 아니에요."

가만히 듣고 있던 범찬이 인상을 찡그리며 대화에 끼어들었다.

"좀 그런데요? 지금 한겸이가 분트 대표님 아들이라고 청탁하려는 거예요? 황 과장님 좋게 봤는데."

"네? 무슨 말씀이세요. 김 프로님이 분트 대표님 아들이었어요?"

"몰랐어요? 기사도 나왔었는데!"

"제가 기사를 다 기억하진 못하죠. 전 C AD가 분트 광고 맡았으니까 분트에서 의견을 물으면 잘 얘기해 달라고 그런 거죠. 진짜 분트 대표님 아들? 그럼 대표님 아들이면… 부탁 좀…….”

한겸이 민망한 표정으로 고개를 저을 때 갑자기 우범이 올라왔다. 우범도 황 과장이 있다는 걸 알고 있을 텐데, 급한 일인지 한겸을 조용히 불러냈다. 한겸은 잠시 양해를 구하고는 우범을 따라 밖으로 나갔다.

“왜 그러세요?”
“분트 마케팅 팀장한테 연락이 왔다.”
“아, HT에서 찾아갔다고 하더니 연락 왔나 보네요. 한국 분트도 하는 게 좋을 거예요.”
“그런 게 아니고.”
“그럼요?”
“한국 분트에서도 우리한테 분마에 대한 걸 위임한다고 하더군. 분마 캐릭터를 만드는 게 도움이 된다는 건 알고 있는데 지금 분마에 신경 쓸 여력이 전혀 없단다.”
“그 정도로 바빠요?”
“그렇지. 대만도 그렇고 한국도 그에 못지않다. 마트 고객들이 계산하는 분들한테까지 광고에 대해서 묻는다더군. 묻는 사람이야 한 번이겠지만, 고객을 응대하는 입장에서는 귀에 못이 박히도록 듣게 되니 스트레스가 엄청나다고 한다. 그 외에도 오늘 찾아온 HT 말고도 말도 못 할 정도로 협업 제안이 들어온다고 한다. 업무가 마비될 정도라고 하더군.”

한겸은 약간 놀랐다. 그것도 잠시 씁쓸하게 웃으며 입을 열었다.

"하긴 하나 뜨면 전부 그걸 이용하려고 하니까요."

"그렇지. 지금은 그게 분마고. HT도 아마 분트와 마찬가지일 거다. 협찬을 한 파우스트까지 난리가 났는데 HT는 두말할 것도 없겠지."

한겸도 조금 전에 황 과장에게 들어 알고 있었다. 잠시 생각하던 한겸은 자신들이 맡아도 되는 건지 판단이 쉽게 서지 않았다.

"음, 저희가 위임을 받는다고 해도 할 게 없을 텐데. 전부 HT에서 알아서 할 거거든요. 그렇게 말씀하셨어요?"

"그렇게 말했는데 아무래도 오웬 씨 입김이 들어간 거 같다. 앞으로도 분마에 관한 건 전부 우리에게 맡길 것 같다. 우리가 책임질 게 늘겠지만, 내가 보기에는 지금처럼만 진행된다면 괜찮을 것 같다."

아직 다음 분마에 대한 계획이 잡혀 있지도 않았는데 앞으로 모든 분마에 대한 권한을 맡기겠다는 것은 그만큼 신뢰하고 있다는 뜻이었다.

"음, 그렇다면 맡아야겠죠?"

"회사 입장에서는 맡는 게 좋다. 그만큼 할 수 있는 게 많아지니까."

"그럼 그렇게 해요."

우범은 고개를 끄덕이더니 입을 열었다.

"지금 황 과장도 그 문제로 온 거지? 안 그래도 한국 분마 건으로 오늘도 찾아왔다고 하더군."

"분트도 바쁘다고 그러더라고요. 저희한테 힘 좀 써달라고 그랬어요."

말을 하던 한겸은 잠시 생각을 했다. 그러고는 우범을 보며 입을 열었다.

"계약 언제 해요?"

"곧 하겠지."

"HT에 미리 말해도 돼요?"

"계약한다고?"

"네. 지금도 조금 느린 감이 있거든요. 도포 찾고 바로 분마 캐릭터 나오는데 한국도 비슷하게는 나와야 할 것 같아서요."

"그렇군. 그렇게 해라. 지금 문제로 도움을 받았다고 느끼게 하는 것도 좋겠군. 그럼 오늘은 일단 구두로 얘기하고 계약을 한 다음에는 내가 만나는 게 좋겠다."

우범은 바쁜지 할 말을 하고선 곧장 내려갔다. 한겸도 곧바로 사무실로 들어갔다. 그러고는 팀원들과 대화를 나누고 있는 황 과장 앞에 앉았다.

"한국 분마 계속 일단 진행하시죠. 어느 정도까지 진행됐어요?"

"네? 조금 전에도 회사에서 연락 왔는데 미팅에서 답을 미뤘다고 하던데요."

"걱정하지 마시고 진행하세요."

한겸은 씨익 웃더니 입을 열었다.

"저희가 한국 분마도 담당하게 됐거든요."

* * *

며칠 뒤. 사람들은 HT 광고 중 분마의 모든 소품을 찾아냈다. 마지막 도포 자락은 크리에이터가 아닌 일반인이 찾아냈고, 자신의 SNS에 인증을 했다. 그러고는 박재진 SNS에까지 글을 남겼다.

—이렇게 해놓으면 내가 못 찾을 줄 알았나 봄.

—그게 뭐죠? 그게 왜 현장에 있었던 거지?

—어? 위 박재진 찐? 짭?
—찐이네. 진짜 박재진이다!

박재진은 SNS에 올린 글에 답글까지 달며 팬들과 소통했다. 팬들은 박재진이 시치미 떼는 걸 더 재미있어하며 글을 남겼다. 한겸은 웃으며 그 글들을 보던 중이었다. 그때, 종훈이 입을 열었다.

"우리가 정말 큰일 하긴 했나 봐. 기사 또 떴어."
"그래 봤자 우리 이름도 없잖아요. C AD 세 글자 적는 게 어려운가?"
"하긴 나도 그게 좀 아쉽긴 해. 예전에는 우리 이름도 언급되고 그랬는데 이번에는 아예 없어. 그냥 다 HT가 한 것처럼 기사가 나오잖아."
"그게 대기업 파워인가?"

범찬과의 종훈의 대화처럼 기사들에는 C AD에 대한 언급은 없었다. 전부 HT와 분마에 대한 얘기들뿐이었다. 그 부분에 대해서 크게 신경을 쓰지 않는 자신과 다르게 다들 공을 몰라주는 게 아쉬운 듯했다.

"우리 돈 받고 광고 만드는데 우리가 앞으로 나가면 우리 광고잖아."
"알지! 그냥 HT만 보고 우와! 그러니까 약간 배가 아픈 정도지."

"나중에 네가 돈 내고 네 광고 만들어."

"뭐, 나에 대해서 광고? 그것도 좋겠네."

한겸은 피식 웃고는 종훈이 말했던 기사를 찾았다. 읽어보니 범찬이 왜 부럽다고 했는지 조금을 알 것 같았다.

「HT와 분트에서 협업으로 진행한 광고로 인해 젊은 층 사이에서 하나의 문화가 생성되고 있다. HT에서 그동안 영화나 웹툰 등 이용자에게 제공하던 즐길 거리를 광고 영역까지 확장한 것으로 보인다. 그것은 젊은 층의 요구와 정확히 맞아떨어졌다. 이 광고는 쉽게 교류가 가능한 메신저의 특성을 살려 대만과 한국의 이용자들이 서로 교류하게 만든 이벤트라고 볼 수 있겠다. 온라인, 오프라인의 경계를 허물며 교류를 하게 만든 진정한 메신저로 거듭나겠다는 의지로 보인다. 그로 인해 대만에서만큼은 철옹성처럼 무너지지 않을 것 같았던 링크의 지분을 무서운 속도로 흡수하고 있다.」

"꿈보다 해몽이 좋네."

"봐! 완전 극찬을 해놓으니까 배가 안 아프게 생겼어?"

"우리도 이렇게까지 될 거라고 예상 못 했는데 기사 보니까 조금 웃기네."

"원래 유명해지면 똥을 싸도 박수받는다고 그랬어. 나중에 유명해지면 진짜 길 한복판에 똥 싸보려고."

한겸은 피식 웃고는 고개를 돌렸다. 그때, 사무실 직원이 문을 열고 들어왔다.

"캐릭터 올라왔습니다! 수고하세요!"

자기 말만 하고선 우당탕 내려가는 소리가 들렸다. 그리고 동시에 한겸의 휴대폰이 울렸다.

—김 프로님! 지금 대만부터 올라갔습니다. 스토어에서 업데이트받으시면 곧바로 선물받으실 수 있어요.

"네, 저희도 지금 들었어요."

—휴, 한번 확인해 보세요.

"네, 그럼 한국은 내일 나오는 거죠?"

—네, 한국은 내일. 제발 하루만 무사하길!

"알림 메시지까지 보냈잖아요."

—그래도 김 프로님 덕분에 할 수 있기라도 해서 다행이죠. 아무튼 제가 내일 또 연락드리겠습니다.

황 과장도 바쁜지 서둘러 전화를 끊었다. 정작 광고를 만든 자신만 한가했다. 아직 남아 있는 분트 광고를 구상하고 있지만, 다른 사람들만큼 바쁘진 않았다. 한겸은 어색한 상황에 웃으며 컴퓨터에 설치해 놓은 대만 HT 플리 마켓을 업데이트했다. 그러고는 곧장 플리 마켓을 열자 중국어로 된 팝업창이 떴다. 읽지는 못해도 대충은 알고 있는 내용이었다. 분마가 폭죽을 터뜨리고 있는 걸 보아 이용자 몇만 돌파 이런 내용이라는 걸 알 수 있었다. 팝업창을 닫자 곧바로 포청천 복장을 한 분마가 손을 접었다 폈다를 반복하고 있었다.

"잘 만들었네."

"배 좀 쓰리겠다."

"왜?"

"왜긴! 이거 하나당 25 타이완 달러야. 한 1,000원 정도잖아."

"대만 물가에 비례해서 가격 책정한 건데 뭐. 그리고 이 수익금 전부 기부로 돌아가잖아. 그게 계약 조건인데."

"그러니까 얼마나 자기네들이 갖고 싶겠어. 지금 이용자도 많아지는데 나 같았으면 배 아파서 죽었을지도 몰라."

"왜 그렇게 돈독이 올랐어. 어휴, 내가 봤을 때 넌 길에서 똥싸긴 글렀어. 그만큼 이미지를 얻게 되잖아."

한겸은 범찬을 보며 못 말린다는 듯 고개를 저었다. 그때, 박재진에게서 전화가 걸려왔다. 보통 연락을 할 땐 범찬에게 전화를 걸었기에 한겸은 고개를 갸웃거리며 전화를 받았다.

—김 프로, 바빠요?

"아니요. 괜찮아요. 말씀하세요."

—안 바쁘면 주소 찍어줄 테니까 좀 와요.

"네? 뭐 하시고 계세요?"

—그냥 사람이 좀 필요해서 그러니까 와주세요. 주소 보냅니

다! 오시면 제가 소고기 쏩니다!

"저만요?"

—아니죠! 김 프로님이 대장이잖아요. 다른 분들도 데려와 달라고 김 프로님께 연락한 거예요.

"멀면 좀 그런데요. 저희가 차가 없어서 택시 타고 가야 해요."

—가까워요. 걸어오셔도 됩니다! 자세한 건 오셔서 보시고요! 그럼 바로 주소 보낼게요! 참! 올 때 현금도 좀! 꼭이요!

한겸은 끊어진 전화를 보며 고개를 갸웃거렸다. 왜 소곤소곤거리는 것처럼 느꼈는지도 이상했다. 그리고 박재진이 가까이 있을 이유가 없었다. 그것도 현재 한국에서 사람들 입에 가장 이름이 많이 오르내리는 사람이 이렇게 돌아다닐 이유가 없었다.

"무슨 전환데?"

"박재진 씬데 주소 찍어줄 테니까 우리 다 오라는데?"

"형님이? 어디, 라온 스튜디오?"

"거긴 주소 알잖아. 우리 회사랑 가깝다는데. 현금은 왜 들고 오라는 거지?"

아무리 생각해 봐도 박재진이 회사 가까이에 있을 이유가 떠오르지 않았다. 그때, 한겸의 휴대폰에 주소가 도착했다. 한겸은 곧바로 범찬에게 주소를 내밀었다.

"여기가 어디야?"

"넌 가만 보면 나한테 너무 의지를 한단 말이야. 내가 무슨 배달업체야? 주소만 보고 어떻게 알아."

"검색해 보지 뭐."

인터넷에 검색을 해보자 정말 C AD와 가까운 곳이었다. 한겸은 궁금한 마음에 곧장 자리에서 일어났다.

"잠깐 가보자."

"우리도 전부?"

"어, 다 와달라는데."

팀원들도 의아해하며 한겸을 따라나섰다. 아직 퇴근 시간 전이었기에 사무실에 잠깐 나간다고 얘기를 하고선 회사를 나섰다. 그리고 인터넷에서 검색한 약도를 보고 걸음을 옮겼다. 현금을 좀 찾은 뒤 한 5분 정도 걸었을 때, 박재진이 알려준 곳에 도착했다. 평소에도 가끔 지나쳐 가던 건물이었다.

"금강빌딩 여기 맞지? 여기 지하인데."

"여기? 형님이 왜 여기에 있어?"

"김한겸 저기 아니야? C&K Music?"

"저긴가? 저건 언제 생긴 거야."

한겸은 지하로 내려가는 계단 입구에 붙은 작은 간판을 보며 고개를 갸웃거렸다. 평소에도 간판을 보며 걸어 다니지만 빌딩

안쪽까지 본 적은 없었기에 원래 있었던 것인지 아니면 새로 생긴 것인지 알 순 없었다. 그저 빨갛게 보이는 간판이 못마땅했다.

"일단 내려가 보자."

한겸이 간판을 한번 쳐다본 뒤 계단을 내려갔다. 그러자 검은색 시트지가 붙은 유리문이 보였다. 상당히 오래되어 보이는 느낌에 더욱 의아함을 느끼며 문을 열었다. 그러자 가게 안에 있는 박재진이 눈에 들어왔다.

"어! 김 프로! 범찬아! 어이고, 방 프로하고 나 프로까지 왔네! 어서들 와요."

한겸은 박재진에게 따로 설명을 듣지 않아도 무슨 이유로 불렀는지 알 것 같았다. 바닥에는 어디서 구했는지 돼지머리가 놓여 있었고, 그 옆에는 경용이 어정쩡한 자세로 서 있었다. 박재진이 이곳에 가게를 차릴 리가 없으니 이곳은 경용의 작업실일 것이었다. 그리고 오늘이 개업을 하는 날인 것 같았다. 한겸은 미소를 짓고는 경용에게 다가갔다.

"축하드려요. 미리 말씀하시면 진작 왔을 건데요."
"바쁘실 텐데. 어떻게 알고 오셨어요."

그러자 뒤에 있던 박재진이 나서며 말했다.

“내가 와달라고 그랬어! 무슨 고사를 혼자 지내려고 그래! 하여튼 겁은 많아서. 쟤 지금 녹음실에 귀신 나올까 봐 고사 지내는 거예요.”

“아니, 꼭 그런 건 아니고요. 잘되길 바라는 마음이죠.”

한겸은 멋쩍어하는 경용을 보며 웃고는 곧바로 입을 열었다.

“더 올 사람 있어요? 저희 부른 거 보면 올 사람 없죠?”

“어우, 김 프로는 말이 무슨 칼같아. 사람 마음 아프게.”

“하하, 그럼 고사 시작해요.”

“뭐 그냥 대충 돼지머리에 돈 꽂고 절하면 되죠.”

“시루떡에 과일까지 제대로 준비했는데 제대로 해야죠. 잠시만요. 축원문 좀 적고요.”

한겸이 경용에게 종이를 달라고 하더니 그 위에 무언가를 적기 시작했다. 그러자 박재진이 멍한 표정으로 범찬에게 질문을 했다.

“뭐야? 김 프로 고사 전문이야?”

“아닐걸요? 우리 회사도 고사 지낸 적이 없는데 무슨 고사 전문이에요.”

“그럼? 지금 저거 뭐 하는데? 표정만 보면 아주 경건한데?”

범찬도 궁금한지 곧바로 한겸에게 질문을 했다.

"겸쓰, 뭐 하냐? 너 고사 지내본 적 없잖아."

"어, 예전에 책에서 봤어. 할 거면 제대로 해야지. 틀린 거 있나 찾아보면서 하고 있으니까 기다려."

팀원들은 익숙한지 고개를 끄덕거렸고, 박재진과 경용은 어이가 없다는 표정으로 서로를 봤다.

"책에서 봤다며 뭐가 저렇게 자신감이 넘쳐. 난 고사 좀 지내본 줄 알았네."

그때, 한겸이 준비를 마쳤는지 웃으며 일어났다. 그러고는 곧바로 고사를 시작했다. 동서남북에 합장을 하고 절을 하더니 고사상에 대고 절을 세 번 했다. 그러고는 막걸리를 따른 뒤 축원문까지 읽기 시작했다.

한참이나 읽은 뒤에야 나이 순서대로 절을 하게 했다. 그러더니 퇴주 그릇을 들고 나가 퇴주를 뿌리고 돌아온 뒤 축원문까지 태웠다.

"끝! 터줏대감님하고 업대감님이 잘 봐주실 거예요."

"……."

"책에서 보면, 할 거면 제대로 하는 게 좋다고 그랬거든요. 이게 미신적으로 말고 심리학적으로 일 능률하고도 연결이 된대요."

"도대체 무슨 책을 보는 거예요."

"안 가리고 다 보죠."

한겸은 피식 웃고는 경용을 보며 입을 열었다.

"그런데 왜 이렇게 사람이 없어요? 저번에 듣기에는 동료 많다고 들었는데."

경용은 대답은 하지 않고 어색하게 웃었다. 그러자 박재진이 경용의 등을 팡 때리며 입을 열었다.

"아주 주변에서 애를 못 잡아먹어서 안달이에요."

"네?"

"김 프로님이 신경 좀 써주시지!"

"선배님, 무슨 말씀을 하시려고 그러세요."

한겸이 의아한 표정으로 경용을 봤다. 경용은 무척이나 난감해하고 있었다.

"노래 뜨고 나서부터 애가 얼마나 시달렸는지 몰라요. 그냥 소속사들은 말할 것도 없고, 광고 회사들까지 연락을 해온다니까요."

"아, 벌써요?"

"벌써라니요. 지금 '사랑을 나눠요'가 1위에서 내려올 생각을 안 하는데. 그런데 이 녀석이 제안을 싹 다 거절했어요. 그래 놓으니까 막 주변을 통해서 로비가 들어온대요. 친한 애들하고 약속한 자리에 광고 회사 사람들이나 소속사 스카우터들 오고. 그래서 알고 보면 친한 애들이 자리 마련한 거고."

"그래서 아무도 안 부르신 거예요?"

"집에 하도 찾아와서 작업실 차린 건데 부르면 여기도 난리 나죠."

"그런데 왜 안 하세요?"

"중이 고기 맛을 알았는데 중을 계속할 수 있겠습니까?"

한겸은 헛웃음을 뱉었다. 하나의 광고로 인해 참 많은 사람들의 인생이 바뀌고 있었다.

"그럼 여기에 자리를 잡으신 건 저하고 일을 계속하시려고 그러신 거예요?"

"네, 아무래도 김 프로님과 일을 해야지 제 음악이 성장할 거 같아서요."

"돈도 버셔야 하잖아요. 아, 그건 음원으로 들어오겠네요."

옆에서 대화를 듣던 팀원들은 어이가 없다는 표정으로 서로를 쳐다봤다.

"진짜 한겸이 말했던 대로 붙잡을 필요 없네. 알아서 딱 붙어 있네."

* * *

HT의 광고로 분마에 대해 관심을 확 올려놓은 덕분에 분마 캐릭터가 플리 마켓에 등장하자 사람들의 반응은 폭발적이었다. 광고를 보고 HT 플리 마켓을 다운받은 사람들부터 오로지 분마 캐릭터를 얻으려고 플리 마켓을 다운받는 사람도 상당했다. 엄청난 속도로 이용자가 증가하고 있었다.

"와, 한겸아, 이러다가 대만에서는 파이온 잡고 한국에서는 HT가 초콜릿 잡는 거 아니야?"

"그때까지 살 수 있을지 모르겠어요. 그래도 한국에서 동시 이용자 제외 전체 8%면 메신저 중에 2등 됐네요."

"엄청나네. 그런데 초콜릿에서는 이벤트 안 하나? 가만있는 게 이상하네."

"준비 중이지 않을까요? 엄청 특별하지 않는 이상 나와도 큰 효과는 못 볼 거예요."

"하긴 우리가 단물 다 빨아먹고 있으니까."

한겸은 웃으며 고개를 끄덕거렸다. 지금도 엄청나게 많은 곳에서 C AD가 내놓은 것과 비슷한 콘셉트의 이벤트를 진행했다. 이름 좀 있는 기업들은 오히려 조심스러워하는 편이었지만, 중

소기업이나 개인 사업자 같은 경우는 무작정 따라 하고 있었다. 제품의 경우 기존 제품과 새 제품의 다른 점을 찾으면 상품권을 준다는 곳도 있었다. 식당의 경우에도 식당 메뉴를 숨은그림찾기로 만든 다음 고객이 그림을 찾으면 그 메뉴를 서비스로 주는 이벤트를 진행하기도 했다.

마치 미리 준비를 하고 있었다는 듯 엄청난 속도로 이벤트를 내놓았다. 하나가 유행을 이끌기 시작하면 우르르 따라 하는 일은 하루 이틀이 아니었다. 물론 파이온이나 초콜릿에서 이벤트를 하면 HT의 이용자 유입이 주춤하겠지만, 이미 얻을 건 얻은 상태였기에 큰 타격은 아니었다. 게다가 HT에서는 이 기회를 놓치지 않기 위해 많은 일을 준비하고 있었다. 그때, 황 과장에게서 연락이 왔다. 하도 수시로 연락을 해오는 통에 한겸은 익숙한 표정으로 전화를 받았다.

—김 프로님! 후아! 저희 이번 주 내로 대만과 한국 모두 10% 돌파할 것 같다는 예상입니다!

"확실하지는 않고요?"

—분석 팀이 내놓았는데 거의 확실하죠!

"축하드려요."

—하하, 그거 때문에 본부장님이 식사 대접하시고 싶다고 그러십니다. 아마 포상도 있을 거 같거든요.

"그건 대표님이 알아서 하실 거예요. 그런데 파이온하고 초콜릿은 그냥 가만히 있어요?"

—아! 푸하하. 둘 다 아주 발등에 불이 떨어진 것처럼 난리 났

죠. 저희처럼은 안 되니까 고육지책으로 생각한 게 한류 가수들과 대만 가수들의 교류라는 명목으로 합동 콘서트를 한다고 하더라고요.

"HT는요?"

—저희도 합니다. 뭐 파이온이나 초콜릿처럼 여러 명 부를 필요 없죠. 박재진 씨 혼자면 충분합니다. 안 그래도 그것 때문에 연락드린 겁니다. 저희가 박재진 씨 대만 공연을 추진하려고 하거든요. 라온하고 얘기를 한 상태는 아니고요.

한겸은 대응 방법으로 괜찮다는 생각에 고개를 끄덕거렸다. 황 과장은 C AD가 이벤트나 공연까지 담당하는 회사가 아니었기에 그 부분에 대해 미리 알리고 있었다.

—미리 말씀을 드려야 할 것 같아서요.

"대표님한테 말씀하셔야죠."

—당연하죠!

아마 확정이 된다면 분마에 대한 것이 빠질 수 없었기에 분마의 권리를 위임받은 C AD의 허락이 필요했을 것이다. 통화를 마친 한겸은 피식 웃으며 팀원들에게 입을 열었다.

"박재진 씨 대만에서 콘서트할 수도 있대."

"진짜? 언제?"

"그건 모르겠고. 최대한 빠르지 않을까? 초콜릿에서도 한류 연예인들로 콘서트한다고 하거든. 잘하면 분트 정규 광고 제작하고 맞을 수도 있겠네. 그럼 볼 수도 있겠다."

이제 C AD가 할 일은 어느 정도 끝났다. 이제 분마가 아닌 분트의 TV 광고가 남아 있는 상태였다. 어느 정도 기둥을 잡아놓은 상태였기에 세부적으로 다듬어야 했다.

'아마도 이번처럼 색이 많이 보이게 제작하기는 힘들겠지?'

분트와 HT에 설명을 했듯이 이번 모델은 박재진이 아니라 소비자가 될 것이었다. 분마가 할 일이 없을 정도로 소비자가 만족해하는 모습을 보여주어야 했다. 그러다 보니 단일 대상이 아니었기에 쉽게 색이 보이지 않을 것 같았다. 물론 확인을 하기 전까지는 알 수 없으니 최대한 열심히 준비를 하는 수밖에 없었다.

"혹시 생각나는 거 있으면 바로바로 알려줘."

*　　　*　　　*

한 달이 지났음에도 여전히 HT와 분트의 열기는 쉽게 가라앉지 않았다. HT의 플리 마켓은 이용자들 사이에서 엄청난 인기를 누리고 있었다. 그러다 보니 이용하지 않던 사람들도 관심을 보이며 다운받기 시작했고, 한 달 사이 목표치이던 10%를 넘어서 현재는 전체 메신저 사용자 중 12%나 차지하고 있었다. 완벽히 시장에 녹아든 상태였다.

그리고 C AD 역시 HT, 분트와 마찬가지로 정신이 없었다. 매번 광고가 나간 이후 수많은 곳에서 문의가 들어오곤 했지만 이번은 그 양과 질이 달랐다. HT 광고가 성공적으로 나간 이후부터 다른 업무를 보지 못할 정도로 문의가 왔다. 심지어는 회사로 찾아오는 기업 관계자들까지 있었다.

지금 C AD의 이미지는 한 회사의 일을 맡으면 마치 그 회사의 부서라도 되듯 모든 직원이 그 회사의 일을 봐준다는, 믿음이 가는 이미지였다. 게다가 광고로 인해 매출이 올라가는 성공률이 엄청나다 보니 기업 관계자라면 누구라도 C AD와 함께하고 싶어 했다. 우범은 이 문제로 기획 팀과 논의하던 중이었다.

"이번 분트 TV 광고 시나리오는 봤다. 그런데 조금 약하지 않은가 하는 게 사무실의 의견이다."

"그게 가장 최선인 거 같아요. 분트로 인해 사람들이 행복해하는 걸 보여줘서 분마가 만족했다는 결과를 상상하게 만들어야 하잖아요. 분마 티저 영상하고 HT 광고와 연장선으로 보시면 돼요."

"안다. 그런데 HT 광고만큼 효과적일지 판단이 서지 않는다는 게 문제다. HT 광고로 얻은 고객들을 현상 유지 할 수는 있어야 한다. 가능할까?"

"무슨 일 있으세요? 잘 만들어야 하는 건 당연한 거잖아요."

"걱정이 돼서 그런다. 지금 우리 회사에 광고를 맡긴 회사들이 광고로 인해 엄청난 효과를 봤다. 그리고 우리가 기획 팀이 하나이다 보니 여러 개를 맡을 수가 없는데, 그걸 모르는 외부에서는 우리가 모든 힘을 쏟아붓고 있다고 생각하지. 전에 내보낸 기사도 한몫하고."

우범은 팀원들을 주욱 둘러보더니 말을 이었다.

"물론 우리 팀의 실력을 믿는다. 무조건 성공을 할 수는 없겠지. 하지만 이번만큼은 반드시 성공을 해야 한다."

"다들 우리를 주목하고 있어서요?"

"맞다. 주목도가 올라가 있는 상태에서 실패를 하게 되면 앞에 것들이 운으로 치부될 수 있다. 하지만 몇 번의 성공을 거듭하고 우리가 확실히 실력이 있다고 인정을 받은 뒤에는 그런 걱정을 하지 않아도 된다. 자리를 잡은 뒤에는 실패를 하게 되면 실수를 할 수도 있다고 생각하겠지."

"자리를 잡아도 다 잘 만들어야죠."

우범은 자신이 실수했다는 듯 어색하게 웃었다. 한겸도 조금은 걱정이었다. 앞서 너무 성공을 거둬 많은 관심을 받고 있는 상태였다. 대중들은 여전히 큰 관심이 없지만, 마케팅에 관련된 일을 하는 사람들은 전부 C AD에 주목하고 있었다. 그러다 보니 사실 부담도 되었다. 그리고 과연 이번에 짠 시나리오대로 제작을 하면 색이 보일지 확신이 서지 않았다.

"아직 컨펌까지 시간이 있으니 조금 더 다듬어보자."
"네, 그래야죠."
"그래서 너희들이 직접 대만에 가서 담을 걸 확인하고 오는 게 어떨까 싶다."
"대만이요?"
"김 프로는 직접 확인을 해야지 자신 있게 성공을 할 수 있는지 없는지 답을 할 수 있으니까 그게 좋을 것 같다."
"그게 좋긴 한데 그래도 돼요?"
"된다. 어차피 HT에서 비행기표를 보내준다고 했으니까 그에 맞춰서 준비를 하는 게 좋겠다. 머리도 식힐 겸, 구상도 좀 할 겸 일주일이면 괜찮겠지?"

우범의 말이 끝남과 동시에 범찬은 미소가 가득한 얼굴로 옆에 있던 팀원들을 팔꿈치로 찔러가며 좋아했다. 그러자 우범이 부드럽게 웃는 얼굴로 말했다.

"놀러 가라는 게 아니다. 물론 박재진의 콘서트를 보는 건 이해한다."
"아! 맞다! 왜 박재진 씨 콘서트 티켓은 없어요?"
"그건 우리도 모른다. 분마를 사용하는지 확인하려 했는데 분마를 사용하지 않는다고 했다."
"이상하네. 재진 형님한테 물어봐도 대답도 안 해주더라고요. 겸쓰, 안 그래? 너 이런 거 잘 알아차리잖아."

한겸도 우범과 대화를 하기 전까지는 전혀 감이 잡히지 않았다. 콘서트가 확정되었다는 얘기는 들었다. 그런데 어느 순간부터 분마를 사용하지 않겠다는 말을 하더니 자신들은 아예 배제한 채로 일이 진행되었다. 분마를 사용하지 않는 이상 당연한 일이었지만 궁금하기는 했다. 그런데 우범의 말을 듣자 보통의 콘서트는 아닐 거라는 생각이 들었다.

"깜짝 콘서트 이런 거 하려는 건가?"

"어? 그게 말이 돼?"

"조금 이상해서. 콘서트를 하면 공연 티켓을 주지 비행기표를 주진 않잖아."

"어! 그러네! 뭐야, 게릴라콘서트 같은 거 하나?"

"그보다는 기부를 하려는 곳에 박재진 씨가 직접 찾아가서 노래를 불러주든가 하는 게 더 낫지 않을까? 그럼 분마를 배제한 것도 이해가 되는데."

"분마를 이용해야지 더 오래가지!"

"대만에서 롱런하고 싶은가 보지. 분마를 이용하면 분마한테 공이 전부 쏠리니까."

"재진 형님하고 분마하고 같은 사람인데 무슨 개똥 같은 소리야."

"아무리 같은 사람이라도 분마는 노래를 안 하잖아. 대만에서도 오래가려면 가면을 벗은 박재진 씨가 좋은 이미지를 가져가야 하니까. HT도 마찬가지고. 언제까지 분마를 사용할 수는 없으니까."

가만히 듣던 수정이 인상을 팍 찡그렸다.

"기껏 잘해줬더니 이렇게 우리만 빼놓고 자기들끼리 쿵짝 맞추고 있네?"

"하하, 왜 화를 내. 그게 그렇게 나쁜 건 아니잖아."

"기분 나쁘잖아. 기껏 키워줬더니! 말이라도 해주든가! 박재진 그 아저씨도 양심 없네."

수정은 주먹까지 쥐어가며 기분이 나쁘다는 것을 대놓고 표출했고, 한겸은 그런 수정을 보며 피식 웃었다.

"박재진 씨야 하라는 대로 했겠지. 그리고 우리하고 관계를 이어나가야 하는데 나쁘게 흘러가진 않을 거 같아. 그랬으면 박재진 씨가 먼저 선을 긋거나 우리한테 얘기를 했겠지? 의리파잖아."

"사람 너무 믿지 마. 검은 머리는 거두는 게 아니라고 했잖아."

"확실하진 않지만, 내 생각대로라면 우리도 괜찮을 거야. 다음 분마 광고에 박재진 씨가 또 나와야 하잖아. 아직 분마가 예정되어 있지 않으니까 그동안 틈이 발생하고, 그걸 본업으로 메꾸게 되잖아. 그리고 대만에 확실히 자리를 잡으면 그 팬들이 다음 분마 광고에도 도움이 될 거고."

"아! 그런 건가? 스페인에 분마 광고할 때도 한국 팬들이 더 난리 났고, 대만 분마 광고할 때도 스페인 팬들이 응원해 주고 그랬으니까.”

“그렇지. 물론 가정이지만.”

잠시나마 박재진을 욕하던 수정은 민망한 표정을 지었다. 그러고는 갑자기 범찬을 급하게 쳐다봤다.

“어우 씨, 깜짝이야. 말 안 해! 안 한다고! 사람 놀라게. 눈 좀 그렇게 보지 마. 꼭 엄마한테 혼나는 느낌이네.”

“수정아, 나도 말 안 해. 그런데 한겸이 말 들어보니까 진짜로 그럴 거 같은데 누구 아이디어일까?”

“라온 이 부장님이나 황 과장은 이런 거 짜낼 리가 없을 텐데.”

한겸도 어느 한쪽 피해 보지 않고 모두 윈윈할 수 있는 아이디어를 짜낸 사람이 누구인지 궁금했다. 지금 당장은 알 수 없었기에 한겸은 그보다 지금 필요한 것을 떠올렸다. 그러고는 우범을 보며 입을 열었다.

“비행기표 한 장 더 구할 수 있어요?”

“몇 장도 더 구할 수 있다. HT에서 우리 전 직원을 초대했는데 알다시피 우리는 못 가니까.”

“그럼 한 장만 더 구해주세요. 엄경용 씨도 함께 가게요.”

윤선진도 데려가고 싶었지만 그럴 수가 없었다. 그래도 경용만이라도 데려가서 확인을 하는 게 좋을 것 같았다.

* * *

며칠 뒤, 대만에 도착한 한겸은 짐을 풀자마자 분트로 향했다. 이번 촬영은 분트 고객이 만족하는 모습을 담으려 했기에 자연스러운 모습을 보기 위해서 분트에조차 알리지 않고 왔다.

"와, 한국하고 완전 똑같네."

"진짜. 한국에서 분트 갔을 때는 조금 이질적으로 느껴졌는데 여기 와서 보니까 또 한국 같은 게 느낌이 이상하네."

"전 세계가 동일하니까 그러지. 둘 다 한겸이나 따라붙어. 경용 씨하고 임 프로님도요."

총 여섯 명이 함께한 상태였다. 그중 한겸은 일행을 신경 쓰지 않고 여기저기 돌아다니고 있었다. 확실히 전에 왔을 때보다 눈에 띄게 고객이 늘었다. 고객이 늘어나면 분트의 입장에선 환영이겠지만, 소비자의 입장에서는 그만큼 서비스를 나눠야 했다. 그래서인지 소비자들의 표정은 그렇게 밝은 편이 아니었다.

그리고 소비자를 직접 상대하는 직원들의 표정도 억지로 미소를 짓고 있지만 힘들어한다는 게 보였다. 고객이 늘어난 만큼 그만큼 육체적 노동이 늘었고, 서비스직이다 보니 결국 감정노동까지 늘어 직원들이 힘들어하고 있었다.

살피면 살필수록 한겸의 걱정도 점점 더 커졌다. 가뜩이나 색이 보인다는 확신이 없는데 원하는 그림마저 담을 수 없을 것 같았다.

"음, 이러면 그림이 전혀 안 나올 거 같은데."

"그러니까 그냥 모델로 쓰자니까. 일반인 상대로 모델 쓰려면 엄청 번거로워. 사전 고지도 해야 되고, 초상권 해결도 해야 되지, 그리고 무작위라서 촬영 기간도 늘어나지."

"그럼 가짜잖아."

"야! 무슨 말도 안 되는 소리야. 그럼 재진 형님 모델일 때 전부 가짜였나?"

"박재진 씨는 콘셉트 광고였고, 지금 하려는 건 진짜 분트의 분위기를 담으려고 한 거잖아."

한겸과 범찬이 대화를 나누던 모습을 보던 임 프로는 약간 놀란 듯이 수정에게 조용히 물었다.

"최 프로님이 김 프로님을 막 잡아주시는 거 같아 보이는 건 제 느낌이죠?"

"제대로 보셨어요. 최범찬이 헛소리를 많이 해서 그렇지 은근히 현실적이거든요. 김한겸은 약간 이상적인 면이 있죠. 그래도 결국 이상이 현실이 되어버리는 게 신기하죠. 그래서 우리도 지켜보고 있는 거예요."

"어우, 최 프로님 뭔가 달라 보이네요."

"최범찬이 김한겸 제어하려고 실제 예를 들다 보면 한겸이가 그 부분을 잘 뽑아 쓰더라고요. 그래서 저희도 지금 지켜보는 중이고요. 그러니까 괜히 말리지 마세요. 싸우는 거 아니고 의견을 나누는 거예요. 최범찬도 지금 그거 알고 생각나는 대로 마음껏 말하고 있는 거예요. 하나만 걸려라식으로요."

"하하, 설마요."

"진짜라니까요. 그러다가 하나 걸리면 자기 공으로 다 가져오거든요."

수정이 말한 대로 범찬은 한겸의 옆에 붙어서 계속 자신의 의견을 말하고 있었다.

"사람 많은 게 우리 덕분인데 내쫓을 수도 없지."

"내쫓는 거 말고 다른 방법을 선택해야지. 영업시간을 늘리고 직원을 더 채용한다든가."

"겸쓰, 이 멍청아! 분트 광고 콘셉트가 뭐야! 분마는 하나다! 전 세계가 같은 영업 방침인데 타이베이만 다르면 돼? 여기는 괜찮다고 바꿔 버리면 다른 곳에서도 바꾸게 되지! 그럼 분트는 하나가 아니지!"

"그건 너무 극단적이고. 그렇다고 분트를 더 확장하라고 할 수도 없고."

"오, 그거 좋다."

"뭐 확장?"

"원래 게임에도 유저들 잔뜩 몰리면 서버 늘리잖아. 다 담을 수 없으면 늘려야지. GM만 늘린다고 해결되는 게 아니거든."

"그게 하루 이틀 걸리는 것도 아니고, 우리가 늘리라고 한다고 늘릴까?"

한겸은 지금도 자신들을 지나쳐 가는 사람들을 피해주며 조그맣게 한숨을 뱉었다. 범찬의 말처럼 관리자를 늘린다고 꽉 찬 고객들이 만족할 것 같진 않았다. 정말 확장 말고는 방법이 없는 건가 싶었다. 이 부분은 대만 분트에서도 상당히 고민을 하고 있을 것 같았다.

"한국은 어떻게 돌아가지?"

"한국도 비슷하지. 서비스가 똑같은데 뭐가 다르겠어?"

"그러고 보면 신기하네. 현지화도 안 하고 어떻게 이렇게 성공했을까."

"그래서 스페인에서 망할 뻔했잖아. 우리가 살린 거 기억 안 나? 이거 내가 말한 방법 말고는 해결책이 없다니까. 지금 대만 분트 사람들도 분명히 그 부분 논의하고 있을걸? 그거 아니고는 방법이 없어. 게임이면 서버가 아니더라도 채널을 여러 개로 나눌 수나 있지. 이건 그게 안 되잖아."

"휴, 아무래도 이건 분트 관계자들한테 얘기부터 들어봐야겠다. 그래야지 일이 진행될 거 같아."

"그러니까 너무 열심히 해도 문제라니까. 이 사람 많은 게 다 우리가 열심히 해서 그런 거잖아. 역시 조금 살살 해야 되겠어."

한겸은 피식 웃고는 걸음을 옮겼다. 아직 결론이 나지 않았지만 그렇다고 다시 호텔로 갈 생각은 없었다. 답은 없더라도 온 김에 더 둘러볼 생각으로 걸음을 옮겼다. 한참을 돌아다니던 중 냉동식품이 있는 쪽을 걸어 다닐 때, 종훈이 숨을 뱉으며 말했다.

"휴, 여긴 그나마 사람이 적네."
"그러게요."

그것도 잠시, 사람들이 다시 몰리고 있었다. 그러자 뒤에서 따라다니던 경용이 어색하게 웃으며 말했다.

"제가 가는 곳마다 사람들이 몰리더라고요. 밥 먹으러 가도 손님 하나도 없는 식당에 들어갔는데 갑자기 막 몰려오고."

지금까지 한마디도 없다가 처음으로 뱉은 말에 팀원들은 경용을 보며 피식 웃었고, 범찬은 실실 웃으며 경용에게 말했다.

"뭐라는 거예요. 고사 지낼 때 우리밖에 없었는데."
"아! 그게 제가 가는 곳마다요. 아까도 그 초콜릿 파는 곳에도 사람 없었는데 저희 가자마자 사람 많아졌잖아요."
"피리 부는 사나이네."

한겸은 고개를 저은 뒤 걸음을 옮겼다. 생뚱맞은 말을 뱉은 경용이나 그걸 재밌다고 놀리는 범찬이나 둘 다 도움이 안 됐다.

“임 프로님, 대만 분트하고 약속 잡아주실 수 있어요?”
“그럼요. 저희가 말을 하고 온 게 아니라서 일정은 조율해야겠지만 그래도 될 것 같습니다.”
“그럼 빠르게 좀 잡아주세요.”
“네, 그렇게 할게요.”

아무래도 분트와 직접 얘기를 나눠보는 게 가장 최선인 것 같았다.

* * *

다음 날. 분트와 미팅이 잡혔다. 하루빨리 만나고 싶었지만, 갑작스러운 방문이어서인지 내일로 미팅이 잡혔다.

“오늘도 분트 갈 거 아니지?”
“오늘은 박재진 씨 공연 보러 가야지.”
“근데 진짜 네 말대로 기부하는 곳에 직접 가는 거야?”
“그게 이상하네. 중국문화대학교? 거기라고 했지?”
“대학교에 후원할 수도 있지.”
“그런 건가? 그럼 여기는 화장품 파는 곳 같은데. 여긴 뭐지? 무슨 짓을 하려는 건지 나도 모르겠다.”

오늘부터 박재진의 공연이 시작되었다. 하지만 딱히 공연이라고 볼 수도 없었다. 찾아보라는 건지 정확한 장소도 알려주지 않았다. 그리고 신기하게도 한 곳에서 공연을 하는 게 아니라 한겸이 받은 것만 해도 오늘만 6곳이었다. 그때, 함께 자리하고 있던 경용이 웃으며 얘기를 했다.

"선배님이 항상 그러셨어요. 라온 대표라는 분이 이상한 짓 엄청 벌인다고요."

"아… 라온 대표님. 그럼 지금 하는 일도 라온 대표라는 사람이 기획한 거예요?"

"아마 그럴걸요? 선배님이 말씀은 안 해주셨는데 대표 욕하셨거든요."

"돌아다니면서 노래를 하려는 건가."

한겸은 어떤 일을 하려는지 궁금한 마음에 일단은 중국문화대학교로 가기로 마음먹었다.

잠시 뒤, 준비를 마친 일행은 대여한 버스를 타고 이동했다. 버스는 도로를 타고 산을 오르기 시작했고, 한겸은 경치를 보며 감탄했다.

"여기도 샹산만큼 멋있네."

"멋있는 건 둘째 치고 무슨 대학교가 산꼭대기에 있어. 와, 이거 걸어 다니면 무병장수할 대학교네. 산악인 엄홍길 씨 같은 사람 육성하는 대학교야, 뭐야."

"하하, 진짜 말하는 거 봐."

"이번엔 웃겼냐? 뭐야, 수정이랑 종훈이 형은 안 웃는데. 엄홍길 몰라? 종훈이 형도 몰라요? 히말라야 등반한 산악인! 아, 답답하네. 이 드립이 이렇게 죽네."

범찬은 이해를 못 하는 사람들에게 설명까지 해댔고, 한겸은 소리 내서 웃었다. 그사이 학교 앞에 도착했고, 범찬의 말처럼 대학교는 산 정상에 위치해 있었다.

방문 차량이었기에 차를 탄 채 학교 안으로 들어갈 수 없었다. 그렇기에 일행은 입구에서 내렸다. 차에서 내린 한겸은 학교를 천천히 살폈다. 신축 건물도 보이는 반면 굉장히 오래되어 보이는 건물도 있었다. 신구의 조화가 상당히 잘 어우러져 있어 묘한 느낌의 학교였다. 그때, 경용이 옆으로 다가와 조용하게 물었다.

"그런데 어디서 공연을 한다는 걸까요? 보통 공연을 하면 안내문이라도 있는데 그런 게 전혀 없어서요."

"우리가 못 본 거 아닐까요? 강당부터 가봐요. 보통 공연하면 강당에서 하죠?"

"그렇긴 한데. 안내문에 사진이라도 붙여놓고 그럴 텐데, 그런 게 전혀 없어요."

"진짜 게릴라콘서트 하려고 그러나?"

한겸은 궁금한 표정으로 걸음을 옮겼다. 학교가 꽤 넓었기에 어렵게 강당을 찾아갔는데 강당에도 어떤 안내문이 없었다.

"뭘 이렇게 우리한테까지 꼭꼭 숨겨! 그럴 거면 오라고나 하질 말든가!"

"범찬이 네가 박재진 씨하고 친하니까 물어봐 봐."

"안 가르쳐 준다니까? 어제 우리 대만 왔다고 연락했는데 알았다고만 했잖아. 일정이 빡빡해서 볼 수 있으면 보자고 그랬잖아."

"그럼 여기가 아닌가? 맞는데. 일단 돌아가자. 입구에서 기다리는 게 낫겠다."

"걸어오는 것도 아닌데 어떻게 알아."

"박재진 씨 혼자 올 건 아니잖아. 공연 팀하고 같이 올 텐데 그럼 차가 많겠지."

"오, 그러네."

한겸마저 답답해하며 대학교 입구로 이동했다. 거의 입구에 다다랐을 때, 알록달록한 한 대의 트럭이 들어오는 것이 보였다. 한겸이 타고 온 버스와 다르게 정문을 통과하고 있었다. 일행은 트럭을 보자마자 손가락으로 가리켰다.

"어! 저거, 저거! 저거 HT 로고하고 캐릭터들이지!"

"진짜네. 저거 아니야? 그런데 왜 트럭이 한 대뿐이지?"

"뒤에도 없는데? 공연 팀이 따로 오는 거 아닌가 봐."

트럭을 본 한겸은 헛웃음을 뱉었다. 확신은 없었지만, 지금 하려는 게 무엇인지 알 것 같았다.

“박재진 씨 배달하시나 보네.”

“배달?”

“플리 마켓에서 물건 구매한 사람한테 배달하는 거 같은데. 그러면서 노래 불러주고.”

“에이, 설마.”

“효과는 좋을 것 같아 보이네. 지금도 다 저 트럭만 쳐다보잖아. HT 모델인 박재진 씨가 직접 배달을 해주면 나도 좋을 거 같은데. 박재진 씨 이미지도 친근해질 것 같고. 아, 이거 하려고 숨긴 거였구나.”

한겸은 자신이 생각한 것이 맞는지 확인하기 위해 서둘러 트럭을 쫓아갔다. 걸어가서 한참 뒤에야 트럭을 찾을 수 있었고, 아직 트럭에선 아무도 내리지 않은 상태였다.

“어후, 힘들어! 왜 여기로 온 거야?”

“어? 한겸아, 저기 봐. 한국어학과 같은데?”

한겸도 건물에 붙어 있는 안내판을 봤다. 그때, 안내판이 붙어 있는 문에서 학생으로 보이는 사람이 나타났다. 그러고는 고개를 두리번거리며 누군가를 찾는 것 같은 시늉을 할 때였다. 차에서 유니폼 같은 걸 입은 사람이 내리더니 무언가를 얘기했다. 그 모습을 보던 한겸은 웃으며 입을 열었다.

"신원확인 하는 거 같네. 진짜 배달 온 거 같은데."

그와 동시에 탑차의 윙이 열리기 시작했다. 한겸은 서둘러 앞으로 나가며 일행에게 손짓했다.

"앞쪽으로 가야지 보이겠다. 빨리 와."
"어우 씨, 뭔 공연을 이렇게 봐야 해."

가뜩이나 화려해서 눈길을 끌고 있는데 탑차가 열리기 시작하자 지나가던 사람들이 걸음을 멈췄다. 한겸과 일행은 서둘러 앞쪽으로 이동했다. 그때 마침 윙 도어가 전부 열렸고, 박재진이 보였다. 박재진은 학생을 가리키더니 현지인 같은 중국어로 말했다.

"8만 번째로 플리 마켓 물건을 구매한 쑤엔 양에게 드리는 노래입니다. 사랑을 나눠요."

*　　　*　　　*

박재진의 말을 알아들을 수는 없었지만, 박재진의 뒤쪽에 설치된 스크린으로 추측할 수 있었다. 한겸이 예상한 대로 정말 배달을 온 것이었다. 트럭 뒷면에 설치된 스크린에서는 노래가 시작됨과 동시에 HT의 광고가 나오기 시작했다. 그것을 본 한겸은 진심으로 감탄했다.

"진짜 치밀하구나."

"뭐가? 그냥 영상 틀어놓은 거잖아."

"노래는 알아도 혹시나 영상을 안 본 사람이 있을 수 있으니까. 본 사람은 더 몰입할 테고. 그리고 이렇게 하면 누구라도 주인공이 되고 싶지 않겠어? 지금도 봐. 전부 휴대폰 들고 찍고 있잖아. 이런 방식으로 또 이용자를 유입시키려고 하는 거고."

"뭐야, 너만큼 꼼수 대마왕인데?"

한겸은 피식 웃고는 박재진을 봤다. 박재진은 시선 한 번 돌리지 않고 주인공인 학생만을 바라보며 노래를 불렀다. 그러자 트럭 주변으로 더 많은 학생들이 몰려들기 시작했다. 몰려든 학생들은 영상과 박재진을 확인한 뒤 환호를 지르며 좋아했다.

잠시 뒤 노래가 끝나자 박재진이 박스를 들고서 트럭에서 내려왔다. 그러고는 오늘의 주인공 앞에 서더니 박스를 내미려다 말고 잠시 멈칫거렸다. 그 모습을 보던 한겸은 인상을 찡그리며 입을 열었다.

"설마……."

"에이, 형님이? 그건 아니겠지."

"진짜로? 진짜로 여기서 한다고?"

"난 못 보겠다."

눈치를 챈 기획 팀원들과 달리 임 프로와 경용은 고개를 갸웃거리며 박재진을 봤다. 그때, 박재진이 박스를 건네주고는 갑자기 손을 모았다.

"기브 앤 테이크! 사랑을 나눠요!"

팔을 모았다 펴는 걸로 부족해 고개까지 좌우로 움직여 가며 아주 정성을 다해 광고 속 마지막 포즈를 취했다. 그러고는 자신도 부끄러운지 빨개진 얼굴로 서둘러 트럭에 올라탔다.

"선배님……."
"어후……."

트럭에 올라탄 박재진은 애써 담담한 표정을 짓고는 입을 열었다.

"배달이 밀려서 그냥 가야 하는데 많은 분들이 모이셨으니까 한 곡만 더 부르고 가겠습니다. 이번에 부를 곡은 여러분들도 다 아실 만한 그런 곡입니다. 대만의 가수 리오 펑의 노래입니다."

곧바로 노래를 시작했고, 한겸은 이번에도 크게 감탄했다. 불과 얼마 전까지만 해도 중국어로 노래 부르는 걸 힘들어했는데 지금은 굉장히 자연스러웠다. 사람들과 소통하지 않는 걸 봐서는 외워 온 것이겠지만, 역시 박재진이라고 느꼈다.

"중국말은 언제 저렇게 배웠어. 그런데 저게 뭔 노래야. 형님이 왜 자기 노래 안 하고 다른 노래 부르지?"

"박재진 씨 노래를 불러도 아는 사람이 없으니까 그런 거 아닐까? 아, 그렇게 생각하니까 공연장에서 콘서트를 안 하는 것도 이해가 되는구나."

"왜?"

"알려진 지 얼마 안 됐지, 노래도 사랑을 나눠요 한 곡밖에 알려진 게 없고. 물론 마니아 층이 있을 수도 있지만, 그건 박재진 씨 본인만을 위한 일이지 HT와 함께하는 건 아니잖아. 차라리 이렇게 '사랑을 나눠요'만 집중 공략 하는 게 박재진 씨나 HT나 둘 다 좋을 거 같네."

잠시 뒤 노래가 끝나자 탑차의 문이 내려갔다. 모여 있던 사람들이 소리를 쳤지만 소용없었다. 문을 닫은 차는 곧바로 출발을 해버렸다. 한겸은 떠나가는 차를 보며 아쉽기도 하면서 한편으로 재미있기도 했다.

"와, 분명히 나랑 눈 마주쳤는데 알은척을 안 하네."

"여기서 알은척하면 좀 그렇지 않을까. 사람이 이렇게 많은데."

"난 관종이라 괜찮아."

모여 있던 사람들은 지금도 자신들이 촬영한 영상을 확인하며 얘기를 하고 있었다. 한겸은 그 모습을 보며 이번 이벤트가 성공할 거라는 걸 예상했다. 그때, 종훈이 갑자기 입을 열었다.

"그럼 화장품 가게 가서도 이렇게 하고 가는 거야?"
"그러겠죠. 아! 그럼 화장품 가게 홍보도 되겠네. 대단하다."
"그러네? 일주일 동안 공연한다고 했으니까 일주일이나 이렇게 하겠지? 그럼 너 나 할 거 없이 플리 마켓에 올라온 거 사려고 그러겠네! 특히 장사하는 사람들!"

한겸은 고개를 끄덕였다. 광고가 아니라 홍보 마케팅으로 굉장히 좋은 선택이라고 느껴졌다. 확실히 대중들을 상대하는 기획사답게 제대로 노린 마케팅이었다.

"괜찮네. 헛걸음한 건 아니네요. 우리도 이만 가요."

한겸은 일행을 이끌고 다시 차로 돌아왔다. 그러고는 박재진에 대한 얘기를 꺼낼 때, 범찬의 휴대폰이 울렸다.

"어! 재진 형님이다!"

다들 박재진이 그냥 갔던 것이 아쉬웠었는지 입을 다물며 관심을 보였다. 그러자 범찬이 웃으며 스피커폰을 눌렀다.

"네, 형님!"

—봤어?

"당연히 봤죠. 저희가 보려고 얼마나 고생했는데요."

—봤다고? 다 봤어? 김 프로랑 다른 사람들도? 경용이도?

"다 봤다니까요."

—아 참… 민망해 죽겠네.

다들 박재진이 무슨 말을 하는지 알아차렸는지, 코를 훔치며 웃음을 참았다.

—그냥 주면 되는 걸 그걸 꼭 해야 한대. 촬영장에서는 그나마 촬영이니까 괜찮지. 이건 말도 못 알아듣는 사람들 앞에서 원숭이도 아니고 민망해 죽겠네.

"반응 좋던데요."

—아후, 아무튼 민망해 죽겠다. 그런데 너희들 왔는데 밥 한 끼도 못 먹어서 어떡하냐.

"그렇게 바쁘세요?"

—오늘 스케줄 소화하면 내일부터 난리도 아닐걸. 내가 타고 있는 트럭 봤지?

"네, HT 프렌즈 그려져 있는 트럭이요."

—그게 택배회사랑 계약해서 이제 그거 돌아다닐 거거든. 그래서 그것도 홍보할 겸 이거 타고 다니라고 하더라고. 이제 HT에서도 대놓고 홍보할 거라더라. 그럼 내일부터는 이 차만 보면 쫓아올 텐데 벌써부터 걱정이다.

한겸은 혀를 내밀며 고개를 끄덕거렸다. 박재진이 화려한 트럭을 타고 다닌 이유를 알 것 같았다. 하나의 방법으로 몇 가지를 해결하는 게 상당히 인상적이었다.

"오늘처럼 사람들한테 안 알려주고 다니면 되잖아요."

—나도 그러고 싶은데 알려질 게 확실하니까 그걸 이용해야 된대. 그래도 지역만 얘기한다더라. 그 지역에서 플리 마켓 이용한 사람들 설레게 만든다고.

"와, 고생 엄청 하시네요."

—난 차 타고 다니면 되니까 괜찮지. 우리 스태프들은 길바닥에서 유동 인구 얼마나 되는지 그거 관찰해서 보고하고 있어. 지금도 몇 명 있다고 실시간으로 보내고 있다. 아무튼 너희 때문에 내가 이게 무슨 호사인가 싶다. 무슨 8만 번째가 벌써 나왔어.

"아까 그게 8만 번째 플리 마켓 이용했다는 거였어요? 어? 그럼 한 달이 넘었는데 너무 적은데요?"

한겸도 같은 생각이었다. 이용자에 비해 너무 적은 수치였다. 그때, 박재진이 우습다는 듯 콧방귀를 뱉으며 입을 열었다.

—에이, 아니지. 이건 포인트로 기업에서 후원한 거 산 사람들만 하는 거야. 그것도 지금 15만이 넘었어. 배달하려고 일부러 앞에부터 하는 거지.

"대만 인구가 우리나라 절반 정도 되지 않아요? 그런데 그렇게 많아요?"

—아무튼 내가 느끼는 건 스페인하고 비교가 안 된다는 거야. 나 진짜 이러다가 월드 슈퍼스타 되는 거 아닌가 모르겠다. 다 잘생겼다고 그러니까 진짜 잘생긴 거 같기도 하고.

"형님, 지금 스피커폰으로 다 듣고 있는데요?"

—야, 넌 좀. 끊어.

박재진은 민망했는지 곧바로 끊어버렸고, 일행은 소리 내서 웃었다. 범찬이 다시 전화를 걸었지만, 박재진은 전화를 받지 않았다.

"이러다가 재진 형님 연예인병 걸리는 거 아니야?"

"농담이셨겠지. 그런데 진짜 방법이 좋다. 미리 공연할 곳 가서 상황을 알아보고 거기에 맞춰서 가면 되는 거잖아. 아무래도 안전상 문제가 있으니까 사람이 많으면 조금 천천히 가고 적으면 바로 가고. 공연을 많이 해봐서 그런지 그런 건 치밀하구나."

혼자 말을 하던 한겸은 갑자기 손가락을 튕겼다. 그러고는 혼자 중얼거리기 시작했고, 그 모습을 본 범찬은 급하게 펜과 종이를 꺼내 한겸에게 건넸다. 그러고는 다들 조용하게 한겸을 지켜볼 때, 경용이 갑자기 입을 열었다.

"아까도 보셨죠? 제가 가니까 사람들 엄청 몰렸잖아요."

"농담인 거예요. 진짜인 거예요. 겸쓰처럼 구분이 안 가. 그게 어떻게 경용 씨 때문이에요. 재진 형님 보러온 거지."

다들 어이가 없다는 표정으로 경용을 쳐다봤다. 그것도 잠시, 집중을 하는 한겸에게 방해가 될까 봐 조용하라는 듯 검지를 입에 댔다. 잠시 뒤, 한겸이 씨익 웃으며 고개를 들었다.

"뭐야! 빨리 날 설레게 해봐!"
"어제 네가 그랬잖아. 게임도 채널이 여러 개가 있다고."
"그렇지?"
"분트도 구역이 여러 개잖아. 냉동도, 공산품도, 지역품도 있고. 나뉜 구역이 많잖아."
"그런데. 빨리 좀 말해봐."
"그리고 사람이 몰릴 때도 있고, 안 몰릴 때도 있고. 아, 경용 씨 때문이 아니더라도 그럴 때가 있잖아. 그걸 사람들이 볼 수 있게 하는 거야."

한겸은 메모지를 보여주며 설명을 했다.

"앱이나 홈페이지에 현재 이용객의 숫자를 보여주고 구역마다 얼마나 많은 사람이 있는지 알 수 있게 해주는 거지. 매장 안에 전광판 같은 걸로 현황을 볼 수 있게. 그래서 소비자들이 선택할 수 있게. 그럼 한 구역에 몰리는 걸 줄일 수 있지 않을까?"
"그러니까 그걸 우리가 어떻게?"

"그걸 왜 우리가 해. 우리는 의견을 내놓고 분트에서 알아서 해야지."

"너는 진짜 이과에서 최고 싫어할 스타일이야. 왜, 아예 차원이 다른 분트를 만들라고 하지."

"이용자 집계는 이미 개발되어 있겠지. 지금도 놀이동산만 가도 이용객들 통계 내고 그러잖아. 물론 관리하고 그러려면 인력이 투입되고 그래야겠지. 그래도 지금처럼 고객이 몰려서 불편을 호소하는 것보단 훨씬 낫다고 생각이 드는데."

"분트에서 싫다고 그러면?"

"왜 싫어? 전 세계 분트가 다 할 수 있는 건데. 한국은 원래 사람이 많으니까 특히나 좋아할 거 같고. 다른 나라도 소비자들이 편하게 이용할 수 있잖아. 오웬 씨한테 얘기하면 좋아할 거 같은데?"

"그러니까 싫다고 그러면 어떡하려고."

"뭘 걱정해. 싫다고 그러면 어쩔 수 없는 거지. 광고 찍으려면 만족해하는 소비자 모습을 담아야 되는데 다른 방법을 생각해 봐야지. 아니면 촬영 기간을 엄청나게 길게 잡아서 촬영하든가 해야겠지."

한겸은 아니면 말고, 라는 식으로 간단하게 대답을 했다. 한겸이 가볍게 대답을 하니 범찬도 가만히 생각을 하고선 입을 열었다.

"하긴 게임에서도 사람 몰리면 채널 바꾸고 그러거든. 되기만 하면 좋을 거 같기도 하네."

"그렇지?"

"그런데 넌 나 아니면 도대체 아이디어를 어떻게 짜내려고 그러냐. 이것도 내 말에서 힌트를 얻었잖아. 넌 진짜 나한테 너무 의지한다."

옆에서 가만히 듣던 임 프로는 침을 꿀꺽 삼키더니 종훈에게 조용히 속삭였다.

"지금 광고 촬영하려고 컨설팅까지 하는 건가요……?"

"아, 한겸이가 원래 그래요. 광고에 담아야 할 게 있으면 바꿔서라도 담아야 직성이 풀리거든요. 괜찮은 거 같죠?"

"네. 진짜 좋은 생각 같은데요. 스마트 시대에 어울리기도 하고요. 그런데 어제 방 프로님이 하신 말씀이 맞네요."

"뭐라고 그랬는데요?"

"최 프로님이 생색낸다고요."

범찬은 한겸의 어깨를 두드리고 있었다. 한겸은 그런 범찬을 보며 웃은 뒤 설명을 이었다. 설명이 끝나자 곧바로 팀원들의 의견을 물었다. 단지 분트에 의견을 내는 것뿐이었기에 반대할 사람은 아무도 없었다. 그러자 한겸이 웃으며 입을 열었다.

"분트에서 받아들이면 경용 씨 따라서 사람 몰리는지 아닌지 확인할 수 있겠다."

"뭐야, 농담이야, 진짜야. 뭘 그렇게 진지하게 말을 해."

*　　　　*　　　　*

대만 분트와 한국 분트의 현상에 대해 본사인 미국 분트에서도 해결책을 논의하기 위해서 수시로 회의가 열렸다. 미국 분트의 경우는 매장이 많은 지역에 분포하고 있는 덕분에 사람이 몰릴 일이 없었다. 하지만 인구밀도가 높은 한국의 서울이나 대만의 타이베이 같은 경우는 얘기가 달랐다.

회의에 참석한 오웬은 최근 한국과 대만을 방문했던 사람으로서 누구보다 현 상황을 잘 알고 있었다. 그런데 그때보다 더 고객이 많아졌으니 그로 인해 문제가 생길 수도 있었다. 대만과 한국에서도 수시로 자신들이 생각한 해결책을 보내왔고, 본사에서도 해결책을 논의하느라 애를 쓰고 있었다. 회의에 참석한 오웬은 편안한 표정으로 다른 임원들의 의견을 들었다.

"소비자의 이동 반경을 분석해 소비자를 분산시킬 수 있는 지역에 새로운 분트를 입점하는 것이 가장 최선의 선택입니다. 특히 대만 같은 경우는 적당한 장소까지 있습니다."

"그건 아니죠. 지금의 이용객 수를 유지할 수 있다면 탁월한 선택이겠지만, 지금은 광고 효과로 인해 일시적으로 몰리고 있는 걸 수도 있습니다."

"그럼 이대로 지켜보자는 겁니까? 그럼 만족도나 서비스 질이 떨어지게 될 테고 그것이 분트에게 제대로 돌아오게 될 텐데요."

"다른 방법을 찾아야죠. 만약에 새로운 점포를 냈는데 소비자가 떨어진다면 분트를 열기 위해 들어간 투자비나 그 지역에 물건을 들여놓는 유통비, 관리나 서비스비, 인건비 등이 두 배로 들어갑니다. 그만큼 실패를 하게 되면 우리가 받는 타격도 큽니다. 그보다는 한국에서 보낸 의견이 가장 적절한 것 같습니다."

"계산대를 늘리는 것 말입니까?"

"한국에서 보낸 보고서를 보면 고객이 가장 많이 기다리는 곳이 계산대 앞이라고 했습니다. 우리가 알아본 바로도 그렇고요. 그것만 해결돼도 기다림이 크게 줄어들 것이라고 봅니다."

프랜차이즈 형식으로 운영되었다면 두말할 것 없이 점포를 늘렸을 테지만, 분트는 프랜차이즈가 아니었다. 그리고 이미 유럽에서 점포 철수까지 경험해 본 탓에 굉장히 조심스러웠다. 그러던 중 한국에서 보낸 보고서는 상당히 현실성이 있어 보였다. 거기에 대만에서 보낸 의견은 오웬을 웃음 짓게 만들었다. 어제 대만 분트에서 C AD와 미팅을 했다고 알렸고, 미팅에서 C AD가 지금의 문제를 해결하기 위해 의견을 내놓았다고 했다. 대만 관계자들이 판단하기에는 상당히 좋은 해결책이라며 보고서를 보내왔다.

오웬은 회의에서 당장 의견을 내놓기보다 다른 임원들의 의견을 들어봤고, 들으면 들을수록 대만에서 보내온 의견이 가장 적당하다는 생각이 들었다. 잠시 회의가 소강상태로 들어서자 오웬은 기다렸다는 듯 입을 열었다.

"계산대를 늘리는 것도 좋은 방법 같습니다. 그 방법과 더불어 소비자가 판단할 수 있는 자료를 제공하는 게 좋아 보입니다. 제가 설명하는 것보다 대만에서 보내온 자료를 한번 보시죠."

오웬은 준비해 온 자료를 임원들에게 나눠 주었다. 그러자 임원들은 말없이 자료를 보기 시작했다. 잠시 뒤 자료를 모두 읽었는지 한 명씩 입을 열기 시작했다.

"처음 설치에 들어가는 비용 말고는 유지보수 관리 비용으로 끝이군요."

"각 구역마다 고객이 얼마나 있는지 현황을 볼 수 있으니까 한 곳으로 몰릴 일도 없을 것 같고, 괜찮은 방법 같습니다."

"전 그거보다 앱으로 연동해서 알려준다는 게 마음에 드는군요."

"그렇죠. 전부 스마트폰을 들고 있는 지금 같은 시대에 그것을 이용하는 건 당연합니다. 우리도 창고형 마트라고 해서 오프라인으로만 고객을 상대하는 건 아니라고 봤는데, 지금 이 의견은 매우 적절한 것 같습니다."

"고객이 판단할 수 있게 한다라. 그리고 우리는 최선을 다하고 있다는 걸 보여줄 수도 있고."

물론 찬성만 있는 것은 아니었다.

"그렇다고 근본적인 해결책이라고 보기는 어렵습니다. 구역으로도 나눌 수 없을 만큼 꽉 차버리면 분산하는 게 소용이 있을까요?"

"그러니까 그 정보를 주려는 겁니다. 지금 우리 분트에 이용자가 얼마나 많은지 알 수 있게 해주면 소비자가 사람이 적은 시간을 찾아서 오는 거죠."

"나는 우유가 필요한데 고작 우유 하나를 사기 위해서 앱을 보고 있어야겠군요?"

"그건 억지 같습니다. 분트를 주로 이용하는 고객을 보면 우유 하나를 사러 분트를 오진 않죠. 물론 우유를 살 수도 있겠지만, 그러려면 근처 마트를 이용하지 않을까요? 아닙니까? 그리고 보고서에 소비자 구매 패턴에 대한 내용도 있습니다."

오웬은 반대 의견을 하나하나 반박하며 의견을 냈다. 어느덧 반대 의견은 조금씩 줄어들었다. 그러자 회의의 수장인 대표가 고개를 끄덕거렸다.

"먼저 보고서대로 진행할 수 있는지 자세히 알아보도록 하죠. 답변을 받으려면 얼마나 걸리겠습니까?"

"최대한 빠르게 알아보겠습니다. 그리고 가능하다는 답변을 받으면 시범적으로 대만부터 도입하는 게 어떨까 합니다."

"이유는요?"

"대만이 가장 급한 이유도 있지만, 이 의견을 낸 곳이 C AD라는 점 때문입니다."

대표는 이름만 들었을 뿐인데도 무척이나 반가워하는 표정을 지었다.

"C AD! 이번 의견도 C AD입니까?"
"맞습니다. 대만 분트의 광고를 제작하기 앞서 사전조사를 하러 왔다가 생각해 낸 모양입니다."

대표는 재미있다는 표정으로 고개를 끄덕거렸다.

*　　　*　　　*

일주일 뒤. 한국으로 돌아온 한겸은 여느 때와 마찬가지로 사무실에 나와 있었다. 조금이라도 광고에 대한 힌트를 얻으려고 했지만, 분트의 운영이 곧바로 바뀔 수 있는 것이 아니었기에 아무런 확인을 할 수 없었다. 그럼에도 한겸은 대만에 방문한 동안 분트에만 자리했고, 지금은 그때 찍은 영상과 사진들을 보던 중이었다.

"윤 프로님, 이건 어떨까요?"
"도대체 사진을 얼마나 찍어 오신 거예요?"

사진을 함께 보던 선진은 혀를 내둘렀다. 똑같아 보였지만 조금씩 구도가 달랐고, 그런 사진이 셀 수 없을 정도로 많았다. 그때, 뒤에 있던 범찬이 질렸다는 표정으로 입을 열었다.

"분트에 간다고 해서 설마설마했는데 일주일이나 분트에 있을 줄은 꿈에도 몰랐어요. 아침에 가서 분트 문 닫을 때까지 있었다니까요."

"풉, 김 프로님답네요."

"저희 둘째 날 빼고는 진짜 분트에만 박혀 있었어요. 분트에서 밥도 먹고! 어휴, 어차피 분트에서 연락 오면 또 확인해야 되는데! 분트에만 있을 거면 한국 분트에 가도 되잖아요. 안 그래요?"

선진이 웃으며 고개를 돌릴 때, 한겸이 약간 놀란 표정을 지었다.

"어? 어떻게 알았어? 안 그래도 아버지한테 부탁했는데."

"야, 또 가려고?"

"나중에 가보려고. 미리 해봐야 할 것도 있으니까. 아무튼 윤 프로님, 제가 보기에는 이 구도가 가장 좋아 보이거든요. 고객의 만족하는 모습을 담으려면 캐셔의 눈으로 보는 게 제일 좋을 거 같아요. 가격이면 가격, 서비스면 서비스까지 만족했다는 걸 한 눈에 볼 수 있는 게 캐셔의 자리 같더라고요."

"괜찮은 거 같긴 한데요. 그런데 어떻게 촬영하시려고요? 캐셔를 밀쳐내고 촬영을 할 순 없잖아요."

선진의 질문을 들은 팀원들은 이미 알고 있다는 표정으로 고개를 돌렸다. 대만에서부터 줄기차게 들었다. 한겸은 이미 다 생각해 놨다는 듯 자신 있는 표정으로 입을 열었다.

"그래서 생각을 한 게, 촬영할 때만큼은 촬영 팀이 캐셔를 보는 거예요. 고객들에게도 이쪽 라인은 촬영을 한다는 걸 알리고요. 물론 모델로 선택되면 모델료를 지급한다고도 알려야겠죠? 제가 지켜보니까 그렇게 어려워 보이진 않더라고요."

"그래서… 직접 계산하신다고요?"

"그래야죠. 아무래도 원래 사용하던 카메라는 사용할 수 없을 것 같으니까 이마에 소형 카메라를 달든가 해서, 고객에게 피해가 안 가는 방향으로 해야죠. 캐셔 라인이 상당히 많으니까 그중 4개만 촬영해도 꽤 많이 모일 거 같아요. 문제는 만족해하는 표정이 있는지가 문제거든요."

"왜요? 다들 만족해하지 않을까요?"

"사람이 너무 많아서 그런지 조금 지쳐 보이더라고요. 특히 계산대에서는 더 오래 기다려야 하니까요. 그런데 이 구도는 괜찮아 보이죠?"

"네, 제가 보기에도 가장 좋아 보이네요. 저한테 안 물어보셔도 될 것 같아요."

한겸은 칭찬을 받은 아이처럼 밝은 미소를 지었다. 그때, 한겸의 휴대폰이 울렸다.

"어, 아버지네. 됐나 보다."

"야 이, 너 캐셔 보러 간다는 거 아니지?"

“그건 나중에. 네, 아버지!”

한겸은 기쁜 목소리로 전화를 받았다.

—도대체 뭔 짓을 하고 다닌 거야?

“네? 갑자기 그게 무슨 말이에요?”

—이 자식은. 그런 아이디어가 있으면 아빠한테 먼저 말을 해야지! 어떻게 같이 사는 아빠한테 입을 꾹 다물고 있을 수가 있어! 그러고 보면 성 이사도 이제 아예 모른 척하고 있네.

“대표님요? 혹시 대만 분트 얘기세요?”

—그래! 지금 분트에서 연락 왔다. 다들 C AD에서 내놓은 의견이라고, 대표님 아셨냐고 그래서 내가 알고 있는 척하느라고 얼마나 힘들었는지 알아?

“어떻게 됐어요?”

아버지의 목소리만 들어도 결과를 알 것 같았다. 장난스럽게 말을 하고 있지만, 무척이나 뿌듯해하고 있다는 것이 느껴졌다. 다만 왜 한국에서 이 소식을 알게 된 건지가 궁금했다.

—대만하고 한국하고 같이 시범적으로 운영하기로 했다. 그리고 다른 나라들은 결과를 보고 바꿔가기로 했고.

“가능하대요?”

—어렵지도 않더만. 왜 그걸 생각 못 했는지 다들 어이없어하더라.

"오! 그럼 금방 되겠네요?"

—그럴 거 같다. 일단은 우리가 내놓은 의견부터 진행하고 곧바로 현황판 진행하기로 했어.

"한국 분트에서 내놓은 의견은 뭔데요?"

—계산대를 늘리는 거지. 가장 크게 와닿는 거니까. 그건 하지 말라고 해도 할 생각이었는데 마침 허가가 떨어졌네. 그래서 오늘 밤부터 공사 들어갈 거다. 누구 덕분에 말도 못 하게 사람이 몰려서 하루가 급하거든.

"오, 좋다. 아, 계산대 늘리는 것도 좋은데요? 장기적으로 봐도 만족도를 늘릴 수 있고요."

—누가 보면 우리 직원인 줄 알겠네. 아무튼 아들 덕분에 아빠 어깨 좀 폈다. 집에 일찍 좀 오고.

한겸은 웃으며 통화를 마치고는 옆에 있던 팀원들을 봤다. 직접 물어보기 두렵다는 표정이었지만, 그래도 궁금해하는 모습에 한겸은 웃으며 입을 열었다.

"우리 때문에 계산대 늘리신대."

"뭐? 아, 진짜! 부자가 왜 이렇게 일을 크게 벌여. 우리 캐셔 연습하게 해주신다고 계산대를 늘리는 게 말이 돼?"

"아… 계산대 얘기할 때 조금 불안하긴 했는데… 진짜 하게 생겼네."

"김한겸, 거짓말이지?"

옆에 있던 윤선진은 피식거리며 웃었고, 한겸은 소리까지 내가며 한참이나 웃었다. 그러고는 팀원들을 보며 입을 열었다.

"하하하, 농담이야. 한국 분트에서도 고객 분산시키려고 계산대 늘리는 거래. 우리하고 상관없어. 다들 뭘 그렇게 놀라."

"어우, 진짜 놀랐네. 마빡에 카메라 달고 계산할 생각하면 벌써부터 잠이 안 와! 사람들이 얼마나 우습게 보겠어!"

"관종이라며."

"관종도 멋있게 관종이고 싶지 우스운 꼴로 관심받고 싶진 않거든? 그런데 우리 의견은? 내가 낸 아이디어로 구상한 그 의견은?"

"그것도 할 거 같아. 최대한 빨리 했으면 좋겠는데."

그때, 우범이 사무실 문을 열고 들어왔다. 그러고는 씨익 웃는 얼굴로 뜸을 들이듯 사무실을 천천히 둘러보더니 입을 열었다.

"대만에서 우리 컨설팅대로 한다고 연락 왔다. 그리고 우리 촬영 조건도 받아들였다."

"벌써 물어보셨어요? 방 PD님하고 상의해야 되는데요."

"일단 가능한지 물어본 거다. 이번에 계산대를 5곳 늘린다고 하더군. 그 5곳을 우리가 촬영할 수 있게 해준단다. 다만 고객에게 피해가 갈 수 있으니 교육을 받아야 한다고 했다."

한겸은 웃으며 고개를 끄덕거렸고, 옆에 있던 팀원들은 경악한 듯 입을 벌리며 한겸을 봤다.

"너… 너어는! 진짜 나쁘다!"

"난 그냥 보고를 한 건데 대표님이 진행하신 거야. 그리고 촬영 팀이 하지 우리가 하진 않으니까 걱정하지 마."

그때, 옆에서 혼자 웃고 있던 윤선진이 입을 열었다.

"캐셔 일이 힘들어서 교대해 줘야 할 텐데요."

"윤 프로님! 진짜 성격 이상하시네!"

"농담이에요, 푸풉. 대표님이 기획 팀분들 캐셔 일까지 하게 안 하시겠죠."

우범은 당연하다는 듯 고개를 끄덕거렸다.

"왜, 캐셔까지 할 생각이었나? 그렇다면 하게 해주고."

제4장

승기와 HT I

TX기획의 최 이사는 오늘도 어김없이 팀장을 불러내 화를 내고 있었다.

"도대체 일을 어떻게 하는 거냐고! 우리 퍼펙트 화이트가 왜 순위가 떨어져!"

"오르락내리락하고는 있지만, 평균적으로 보면 2위를 지키고 있습니다."

"그게 자랑이야? 김 팀장, 당신이 뭐라고 그랬어! 최소 2주 동안 1위 할 수 있다고 했지!"

"그게 박재진이 갑작스럽게 인기를 얻는 바람에… 그리고 분석은 1팀에서……."

"애초에 분석이 잘못된 거지 뭔 말이 그렇게 많아! 지금 이게 말이 돼? 우리가 제작비 중 반을 거기에 투자했는데 지금 키오에 대한 기사가 하나도 없어! 그러고 보면 수상해. 제작비 삥땅치고 그러는 거 아니야?"

김 팀장은 애써 표정 관리를 하며 입을 열었다.

"기사를 내보내도 박재진 기사가 계속 나오는 바람에 어쩔 수 없습니다."

"어쩔 수 없다는 말 좀 그만해. 방법을 찾으라고! 해결책을! 내가 DIO에서 얼마나 닦달을 받아야 하는 거야."

김 팀장은 HT의 광고를 보자마자 이건 이기지 못할 것 같다고 스스로 판단했다. 사전에 티저 영상으로 관심을 끌고 그것을 다른 기업의 광고에 이용하는 건 지금까지 광고 일을 하면서도 처음 보는 일이었다. 소비자들도 신선하다 보니 반응을 보이는 것이었다.

'아, 어떤 미친놈이 그런 광고를 만들어서.'

"뭔 생각을 하는 거야! 대답하라고! 준비한 거 있어, 없어?"

최 이사의 호통에 잠시 딴생각을 하던 김 팀장은 흠칫 놀랐다. 그러고는 조심스럽게 입을 열었다.

"생각한 것은 있습니다."
"뭔데. 왜 나한테 얘기를 안 해!"
"저희도 해결책을 논의하다가 나온 거라서……."

'지금 얘기하러 왔잖아!'라는 속마음을 겨우 숨긴 김 팀장은 마음을 가다듬기 위해 잠시 심호흡을 했다.

"지금 저희는 이미 기획이 완성되어 있는 상태라서 예정대로 진행을 하는 게 좋을 것 같습니다."
"그게 논의하다 나온 거야? 지금처럼 하자는 게?"
"그게 가장 최선이라고 생각합니다."
"그래서 최선으로 생각해서 지금 아무런 반응도 없는 거야?"

김 팀장은 입술에 침을 발랐다. 기획 팀들마다 여러 가지 의견이 나왔지만, 결론은 준비했던 대로 진행하자는 것이었다.

분마와의 경쟁을 포기한 이유도 있지만, 오랜 기간 준비를 했기에 기획 방향을 바꾸는 건 말이 안 된다고 생각했다. 게다가 퍼펙트 화이트로 이미 시작을 해버린 이상 이대로 밀고 나가야 했다.

"제대로 일하고 있는 거 맞아? 광고는 이미 제작을 하고 있으니까 바꿀 수 없는 거 누가 모르냐고."

최 이사는 김 팀장을 훑어보더니 못마땅한 표정으로 혀를 찼다.

"쯧쯧. 기껏 그런 아이디어밖에 안 나와? 광고 외적으로도 생각해야지. 지금 HT 보면서 느끼는 거 없어?"

"아… 마케팅 말씀이십니까."

"그래! 답답하기는. 내가 알아본 게 있는데, 분마를 이용하는 건 어때?"

"분마요? 분트와 협업을 하자는 말씀이십니까?"

"그걸 왜 해! 분마를 사용하자는 게 아니고 분마처럼 캐릭터를 만들어보자고. 내가 알아보니까 다른 회사에서도 지금 캐릭터 제작에 관심을 보이고 있더라고."

"그렇긴 합니다."

"지금 분마의 인기가 생각보다 오래가고 있기도 하고, 문제는 대만이 끝이 아니라는 거야. DIO하고는 아예 다른 업종의 광고라고 해도, 지금은 아무리 광고를 잘 만들어도 분마에 밀리고 있잖아. 그래서 우리도 캐릭터를 만드는 게 어때."

김 팀장은 헛웃음을 뱉었다. 이미 회의에서 나온 내용이었다.

"어떻게 하더라도 분마의 파급력을 따라갈 순 없다는 게 분석입니다. 분마의 경우 분트를 혼내줌으로써 소비자를 대신해 준다는 이미지를 얻었죠. 말도 안 되는 이미지를 만들어 버려서 그걸 깨뜨리는 건 앞으로도 거의 없다고 봐도 될 것 같습니다."

"왜 안 된다고만 생각해! 그럼 왜 다른 광고 회사들이 캐릭터 제작에 관심을 가져!"

"몇 년 전에도 캐릭터가 한창 유행할 때가 있었습니다. 그때 그랬던 것처럼 다시 캐릭터를 만들려고 하는 것으로 보입니다. 아마 광고주들도 캐릭터 제작 요구를 할 거라고 생각하고, 전반적으로 캐릭터 열풍에 편승하려고 하는 것입니다."

"그럼 우리도 타야 하는 거잖아. 광고도 유행에 민감해야 하는 거 몰라? 유행 몰라?"

"저희도 지금 4명의 가수들에게 캐릭터성을 부여하고 있다고 보셔도 됩니다. 퍼펙트 화이트부터 퍼펙트 블루까지."

"그러니까 그걸 더 확실하게 하라고! DIO에서도 공격적으로 마케팅하길 원하고 있다고! 지금 박재진 기사만 봐도 대만에서 직접 배달하고 있다잖아. 그런 것처럼 우리도 하자고."

김 팀장은 아무런 말도 내뱉지 못했다. 대놓고 따라 하자는 말이 어이가 없기도 했지만, 한편으로는 맞는 말이었다. 한때는 후크송으로 만든 광고가 엄청나게 유행해 너 나 할 것 없이 중독성 있는 후크송을 내세워 광고를 했고, 지금은 박재진이 하고 있는 것처럼 온라인과 오프라인의 경계가 없는 마케팅이 유행할 것이었다.

"빨리 내가 말한 대로 아이디어를 짜보라고! 올해 3월 출시니까 얼마 안 남았어!"

김 팀장은 무척이나 씁쓸했다. 아무리 생각해도 자신은 C AD에서 만든 것처럼 광고를 제작할 수 없을 것 같았다. 그저 C AD가 만들어놓은 길을 따라가야만 할 것 같았다.

더욱 씁쓸하게 느껴지는 건 그 길대로 걸으면 실패할 것 같지 않다는 것이었다.

* * *

사무실에 나와 있던 한겸은 오늘도 어김없이 대만 분트를 촬영한 사진을 보던 중이었다. 사진을 보면서도 끊임없이 혼잣말을 하거나 팀원들에게 수시로 의견을 물었다.

"고객들 모습을 최대한 많이 보여주려면 화면을 분할하는 게 나을까?"

"이번 건 뭐야. 혼잣말이야, 질문이야."

"의견을 물어보는 거지. 수정아, 사람들 표정 분할해서 만든 광고들 좀 모아주라."

"봐. 혼잣말이었네."

"아니야. 궁금해서 그래. 한 화면에 여러 사람이 나오면 그만큼 만족한 사람이 많다는 걸 보여줄 수 있을 거 같은데 문제는 시선이 분산될 거 같단 말이야."

"그런 한 사람씩 나오게 해."

"그럼 TV 광고인데 담을 수 있는 사람이 너무 적어. 후, 생각했던 거보다 어렵다."

"네가 자꾸 하나 생각하면 거기에 줄기를 달고 이파리를 달고 하니까 어렵지! 간단하게 생각하라고!"

한겸은 피식 웃으며 고개를 끄덕거렸다. 범찬의 말을 스스로도 알고 있었다. 잘 만들고 싶다는 생각 때문에 아이디어가 끝없이 이어졌다. 그때, 구석에서 자료를 찾던 종훈이 놀란 표정으로 입을 열었다.

"HT 생각보다 심각하네."
"사람들 또 뭐라고 그래요?"
"응, 내가 보기에는 반응이 조금 과격해."

한겸도 종훈이 말하는 것이 무엇인지 알고 있었다. 바로 박재진 때문이었다. 박재진이 대만에서 하고 있는 일이 한국으로 전해지면서 한국 이용자들이 불만을 쏟아냈다.

—왜 똑같은 HT를 이용하는데 대만하고 이벤트가 다름?
—이제는 메신저도 내수 차별임?
—좀 잘나간다 싶으면 자국민을 호구로 보는 건 똑같네. 쯧쯧.
—분마 캐릭터 잔뜩 샀는데 이제는 손절이 답인가?
—다시 초콜릿으로 돌아감ㅃㅃ

대만 유저들과 경쟁을 하다 보니 서비스까지 관심을 보였다. 엄연히 따지면 대만 오픈은 한국에서 오픈했을 때와 상황이 달랐다. 한국은 마리아톡의 이름으로 오픈을 했었고, 그것이 HT로 넘어간 상황이었는데도 어느새 사람들은 마리아톡을 아예 잊어버린 듯했다. 그때, 범찬이 종훈을 보며 말했다.

"종훈이 형 오지랖은 진짜 최고야! 원래 불의는 참아도 불이익은 못 참는 거예요. 거기에 차별까지! 그리고 저번에 우리 HT 갔을 때 기억 안 나요? 그 높은 빌딩에 있는 사람이 전부 직원인데 어련히 알아서 할까 봐. 뭐 하러 사서 걱정을 해요."

"난 박재진 씨한테 화살이 돌아갈까 봐 걱정돼서 그렇지. 분마 또 촬영할 수도 있는데 이미지 관리해야지."

"그건 또 라온에서 어련히 잘하지 않겠어요."

"그렇겠지?"

"우린 지금 겸쓰가 혼잣말하는지 의견을 묻는지 판단하기도 바쁘다고요!"

한겸도 범찬과 같은 생각이었다. 이번에 대만에서 진행한 이벤트만 보더라도 충분히 해결할 수 있으리라고 생각했다. 게다가 C AD가 맡은 쪽은 대만이었기에 한국의 일까지 걱정할 필요는 없었다.

"범찬이 말대로 알아서 잘할 거예요."

그때, 수정이 쳐다보지도 않은 채 입을 열었다.

"일단 하나 보냈어."

"벌써?"

"예전에 봤던 기억이 있어서. 일본 옷 광고인데 시작은 한 명으로 시작해서 엄청나게 늘어나."

"고마워."

"다른 거 찾으면 바로 보낼게."

한겸은 곧바로 수정이 보낸 광고 영상을 쳐다봤다. 한겸도 예전에 봤던 광고였다. 시작은 회색이었지만 화면이 분할될수록 색이 변했다. 전체가 빨갛진 않았다. 분할된 화면 속에 있는 모델 중 어울리지 않는 모델이 문제였다. 그 때문에 화면에 점을 찍어 놓은 것처럼 군데군데 빨갛게 보이는 통에 정신이 하나도 없었다.

'내가 하려는 거하고 비슷한 거 같은데.'

물론 색이 보이니 빨간색으로 나오는 모델은 빼버리면 그만이었다. 하지만 문제는 그것만이 아니었다. 예상했던 대로 분할된 화면 때문에 영상에 집중이 되지 않았다.

"아무래도 한 명씩 나와야 하려나. 어, 혼잣말이야."

"혼잣말은 안 들리게 하라고."

한겸이 피식 웃을 때, 갑자기 휴대폰이 울렸다. 번호를 확인해 보니 오랜만에 보는 반가운 사람이었다.

"승기야! 오랜만이야!"

"어? 승기야? 백승기! 너 왜 겸쓰한테 먼저 전화하냐!"

"조용해 봐. 어, 승기야, 잘 지냈어?"

—그럼요. 형들 덕분에 잘 지냈죠. 계속 연락드리려고 했는데 바쁘실까 봐요.

"우리가 먼저 고맙다고 연락했어야 했는데 바쁘다 보니까 늦었네. 승기 네 덕분에 분마 성공했어."

—전 그냥 그림만 그린 건데요.

승기가 그린 캐릭터 덕분에 지금까지 성공할 수 있었기에 항상 고마운 마음을 가지고 있던 한겸은 무척이나 반가운 표정으로 대화를 이어나갔다. 한참을 대화를 나누던 중 승기가 약간 말을 우물거렸다.

"왜? 무슨 할 말 있어?"

—그건 아니고요. 혹시 형들 바쁘세요?

"바쁘더라도 네가 무슨 부탁할 거 있으면 당연히 들어줘야지."

—다행이다. 어려운 건 아니고 제가 웹툰을 그렸는데 한번 봐 주셨으면 해서요.

"어? 웹툰 그리기 시작했어? 어디서? 초콜릿? 파이온?"

—아! 그건 저한테 꿈이죠! 그건 아니고요. 아직 아무한테도 보여준 건 아니에요.

"응?"

—형들이 먼저 봐주셨으면 해서요. 사실 형들이 분마 성공시키는 거 보면서 나도 할 수 있을 거 같다는 자신감이 생겼거든요. 그런데 막상 그리다 보니까 제대로 하고 있는 건가 싶어서요.

한겸은 예전에 승기와 했던 약속을 떠올렸다. 예전 승기와 계약을 할 때, 승기가 웹툰을 그리게 되면 C AD에서 홍보를 책임지겠다는 약속을 했었다.

"형들이 책임지고 홍보해 줄게."

—아! 그런 거 아니에요. 아직 연재한 것도 아닌데요. 그냥 제가 잘하고 있는지 감상만 좀 듣고 싶어요. 외삼촌이나 외숙모는 계속 잘 그렸다고만 해서요. 한겸이 형은 솔직하게 말씀해 주실 거 같아서 연락드렸어요.

"아, 그래서 나한테 연락했구나?"

—조금 냉정하게 답을 듣고 싶어서요. 그리고 믿을 만한 사람이 형들뿐이라서요.

한겸도 자신에게 먼저 전화를 건 것이 약간 의아했는데 답변을 듣고서야 이해되었다.

"알았어. 분량은 얼마나 돼?"

—인터넷 연재 기준으로 100화 정도 돼요.

"어? 혼자 100화나 그린 거야? 요즘 일 없어?"

—일도 하면서 매일 그리고 있거든요. 따로 할 게 없기도 하고 재밌기도 해서요.

"그래, 일단 홍보를 하려면 우리도 봐야 하니까 보내줘."

—홍보는 아직이라니까요…….

한겸은 지금 분트 일을 맡고 있지만, 잠을 쪼개서라도 승기의 웹툰을 홍보해 줄 생각이었다.

*　　　*　　　*

다음 날. 출근을 하던 한겸은 퀭한 눈으로 지나가는 직원들과 인사를 했다.

"김 프로님, 좋은 아치… 어디 아프세요?"

"아니에요. 좋은 아침이네요."

"어? 나 프로님도 오시… 혹시 어제 야근하셨어요?"

한겸은 고개를 돌려보니 종훈 역시 퀭한 얼굴로 걸어오고 있었다. 그 모습을 보던 한겸은 자신도 모르게 피식 웃었다.

"일도 좋은데 쉬엄쉬엄하세요! 기획 팀이 무너지면 큰일 납니다!"

한겸과 종훈은 민망한 표정으로 웃으며 서둘러 사무실로 올라갔다.

"범찬이랑 수정이 아직 안 왔네."
"그러게요. 형도 승기 만화 보셨어요?"
"어. 어제 그거 보다 보니까 3시더라고. 아, 진짜 오랜만에 만화 봐서 그런지 엄청 재미있더라."
"오랜만이라서가 아닐 거예요. 스토리가 생각보다 탄탄하더라고요. 내용도 흥미진진하게 끌고 나가고."

그때, 수정과 범찬이 동시에 사무실 문을 열고 들어왔다. 한겸은 두 사람을 보며 피식 웃었다.

"밤새 만화 봤냐?"
"어, 백승기 진짜! 이 자식이 끊기 신공을 어찌나 잘해놨는지 멈출 수가 없었어! 한 편만 더 봐야지, 더 봐야지, 하다가 잠을 한숨도 못 잤네. 개피곤해."
"조금이라도 자야지 오늘 일하지. 수정이도 봤어?"
"응, 처음에는 그냥 그랬는데 어느 순간 몰입되더라. 그림을 잘 그려서 그런가? 뭔가 친근한 거 같더라고."

모두가 비슷하게 느낀 모양이었다. 한겸은 사실 처음에는 거부감이 들었다. 가끔 장르소설을 읽기도 했지만 그로서는 도저히 이해할 수 없는 내용이었다. 현대를 배경으로 이세계에서 지

구를 침략하는 내용을 담은 웹툰이었다.

그렇기에 처음에는 너무 만화 같다는 생각이 들었지만, 스토리를 잘 짠 덕분에 보면 볼수록 흥미진진했다. 책을 많이 본 한겸도 다음 얘기가 예측이 되지 않았다.

내용은 무척 어두운 느낌의 남자로 시작되었다. 세상이 멸망한 듯 보였고, 남자는 멸망한 세계를 당연하게 받아들이는 한편, 어딘가 슬퍼 보이는 눈이었다. 분위기상으로는 남자가 주인공인데 멸망한 세계를 받아들이는 모습으로 호기심을 자아냈다. 그리고 남자는 과거를 떠올리는 듯 지금까지 만난 사람들을 회상했다.

그렇게 처음 볼 때는 동료들을 회상한다고 생각했는데, 남자의 대사로 인해 어떻게 된 것인지 알 수 있었다.

[아흔아홉 번의 삶이었군.]

주인공이 떠올렸던 사람들은 동료들이 아니라 전부 그의 모습이었다. 죽어가던 주인공은 마지막에 다시 어디론가 빨려들었고, 또다시 누군가의 몸에 들어가 새로운 삶을 시작했다. 주인공은 새로운 삶을 시작하면 원래 몸 주인이 가졌던 특성을 그대로 이어받았다.

스토리를 이끌 이번 삶의 주인공은 올곧은 부모 밑에서 자란 올바른 사람이었고, 괴물들이 침략할 당시 부상을 당해 혼수상태였다. 그렇게 혼수상태였던 몸에 주인공의 영혼이 들어가면서 본격적인 이야기가 시작되었다. 지금까지 같은 시대에서 99번의 인생을 살았던 주인공은 어떻게 하든 세계가 멸망할 것을 알고 있었기에 자포자기한 모습이었다. 하지만 100번째의 삶은 지난 삶들과는 다른 환경이란 것을 깨닫고 세계를 지켜보기로 한다는 내용이었다.

"그런데 주인공 뭔가 겸쓰 같지 않아?"

"어? 나도! 나도 그랬어."

"맨날 사람들 모아서 의견 듣고, 그거 듣고 자기가 조합해서 지 머리에서 나온 양 계획 짜고. 사람들이 뭐라고 그러면 자기는 다 안다고 그러고! 99번이나 살았으니까 다 알겠지."

"게다가 엄청 강하잖아. 지금 스킬이 없는 대신 99번 살면서 가지고 있던 스킬 조합해서 사용하잖아. 조합 성공하면 '바로 이거야!'라고 소리치고."

"아주 유행어로 밀던데요? 사람들 의견 모을 때도 '바로 이거야!' 뭐만 해도 바로 이거라던데."

한겸은 어이가 없다는 표정으로 범찬을 봤다.

"내가 99번 산 것도 아닌데 그게 왜 나야?"

"잘 봐. 생긴 것도 비슷해. 얘도 부잣집 아들이고 성격은 까칠하고. 동료가 되면 그제야 편해지고. 내가 보기에는 승기가 너 보고 그린 거 같은데?"

"그럼 주인공 옆에서 하루 종일 떠벌리고 다니는 애는 너야?"

"아니지. 난 스트롱한 남자! 안나좋이 나지."

“그건 종훈이 형 같은데? 덩치는 큰데 보기와 다르게 감수성이 넘치는 거 보면.”

가만히 듣던 범찬은 갑자기 이마를 긁적거렸다.

“에이, 설마. 아니겠지? 음… 생각해 보니까 그 무시무시한 까칠 마녀는 방수정 같은데……?”
“그게 왜 나야?”
“누가 봐도 넌데? 맨날 혼내고! 막 소리 지르고! 승기 이 자식, 진짜 등장인물을 우리 보고 만든 거 아니야? 아까 방수정 네가 웹툰 보면서 친근하다고 그랬지? 그래서 친근하게 느낀 거 아니야?”

가만히 듣던 수정도 인상을 찡그렸다. 한겸도 가만히 생각해 보니 팀원들과 상당히 비슷한 느낌이었다. 가만히 생각하던 한겸은 팀원들을 보며 물었다.

“이거 제목이 창조자 N 파괴자라고 그랬지?”
“어, 맞아. 창조자와 파괴자의 내기에 끼어든 남자 얘기. 그게 우리고!”
“이거 영어로 하면 Creator and Destroyer네.”
“그게 뭐?”
“약자가 C A D잖아. 진짜 우리 모티브로 만들었나 보네. 이거 나중에 영문판 나오면 볼만하겠네.”

한겸과 팀원들은 어이가 없다는 듯 웃었다. 그러던 중 범찬이 갑자기 짜증을 내며 입을 열었다.

"생각해 보니까 열받네. 왜 내가 들러리야!"

"너 주인공 해."

"아니, 그게 문제가 아니라 결국엔 다 죽고 주인공 혼자 남을 낌새던데!"

"죽을지 안 죽을지 어떻게 알아."

"계속 그러잖아. 결국엔 이 사람들도 다 죽겠지. 그러면서 정 안 주려고 그러잖아. 그리고 옆에 사람들이 죽으면 그 기술 지가 가져다 쓰잖아! 그것도 그냥 쓰는 것도 아니야. 지 기술이랑 조합해서 더 세게 만들어. 그럼 기존에 기술 쓰던 사람이 한순간에 잊히지!"

"그러니까 승기한테 잘해줘."

"난 죽는 거보다 내 기술을 네가 쓰는 거 더 싫어."

"왜 자꾸 나라고 그래. 그냥 만화니까 너무 몰입하지 마. 그리고 준다고 해도 싫어."

한겸은 어이가 없다는 듯 웃었다. 한편으로는 범찬의 말 때문에 자신이 범찬의 능력을 가져온 모습도 상상되었다. 모든 생물과 친화력을 가진다는 콘셉트로, 계속해서 떠들고 다니는 캐릭터였기에 자신이 저렇게 변할 거라 생각하자 저절로 고개가 저어졌다.

"이제 그만 얘기하고 일부터 하자. 이따 퇴근하고 보고, 다 보고 나면 평가하는 거로 하자고."

"이봐! 또 회의하자고 하잖아."

"회의 아니거든? 내가 메일로 광고 영상 보내놨으니까 그거부터 좀 보라고."

한겸도 승기의 만화가 떠올라 자신도 모르게 헛웃음을 뱉었다. 그것도 잠시, 곧바로 준비한 자료로 회의를 하기 위해 서둘러 준비를 했다.

어제 퇴근하기 전에 찾아놓은 영상부터 볼 생각이었다. 한겸은 승기의 만화를 떨쳐내려 고개를 저은 뒤 영상을 재생했다.

'아, 집중 안 되네.'

한겸은 턱을 괴고 무작정 영상만 쳐다봤다. 하지만 좀처럼 집중이 되지 않았다.

'진짜 주인공처럼 필요한 것만 딱딱 뽑아서 조합할 수 있으면 좋겠네… 어? 조합? 여러 가지를 조합해서 하나로. 또 하나를 여러 가지로.'

가만히 생각하던 한겸은 갑자기 인터넷을 뒤적거렸다. 한참을 뒤적거리던 한겸은 갑자기 고개를 들더니 입을 열었다.

"이거 어때? 포토 모자이크!"

"어?"

"각각 다른 사진을 조합해서 아예 커다란 다른 사진으로 만드는 거야! 그러니까 분트의 고객들을 이용해서 하나의 큰 모델을 내세우는 거지. 그 안에서 각자 움직이기도 하고!"

"아! 조각들을 모아서 하나의 그림으로 만들자는 거지? 그러니까 각자 만족하는 얼굴 수십 수백 개를 조합해서 한 명의 얼굴로 만들자는 거야?"

"정답!"

팀원들은 그럴싸한 계획에 고개를 끄덕거렸다. 그러던 중 범찬이 갑자기 고개를 갸웃거렸다.

"그런데 그건 사진이고 우리는 영상 찍어야 되는데. 그게 영상으로 돼?"

"해봐야지."

"아, 맞다. 넌 그냥 말해놓고 나머지는 알아서 하라고 할 거지?"

"방 프로님이 가능하지 않을까?"

가만히 생각하던 팀원들은 모두가 같은 생각을 하는지 갑자기 동시에 얼굴을 찡그렸다.

"나 지금 닭살 돋았어. 어후, 미치겠네."

"나만 지금 겁나는 거 아니지?"

"오빠만 그런 거 아니에요. 모자이크로 하려면 최소 100개는 넘을 거고… 김한겸 마음에 들려면 그 100개 영상 고르는 데도 얼마나 필요할지 답이 안 나오네. 거기에 메인하고 안 어울리면 바꿀 수도 있고."

한겸은 자신의 생각을 제대로 이해한 팀원들의 모습을 보며 만족스러운 미소를 지었다.

"하하하! 바로 그거야!"

"그거 하지 말라고! 아주 승기 만화 주인공 되셨네?"

그때, 사무실 문이 열리며 임 프로가 들어왔다.

"뭐 좋은 소식이 있나 봅니다! 밖에까지 김 프로님 웃음소리가 들리네요."

"하하, 좋은 기획이 나와서요. 다듬어서 보고서 드릴게요."

"오! 기대되는데요. 안 그래도 스케줄 확인해야 해서 온 이유도 있었는데 다행이네요."

"다른 이유도 있으세요?"

"네, 대표님이 기획 팀 분들 전부 내려오시래요. 하실 말씀 있다고요."

"저희 다요?"

임 프로는 웃으며 어깨를 으쓱거렸다.

"좋은 소식 같기도 하고 아닌 거 같기도 하고 그러네요. 대표님께 직접 들으시는 게 나을 거 같아요."

한겸은 고개를 갸웃거렸다. 그러고는 곧바로 팀원들과 함께 1층 사무실로 향했다. 사무실에 도착하자 사무실 직원들이 모여 회의를 하고 있는 모습이 보였다.

"다들 앉지."

기획 팀원들이 빈자리에 앉자 우범이 곧바로 입을 열었다.

"오웬 씨가 한국에 오기로 했다. 정확히 말하면 우리 회사지."

한겸은 고개를 갸웃거렸다. 이미 분트에서 자신이 낸 솔루션을 받아들이기로 결정이 났고, 지금도 그 준비를 하고 있기에 오웬이 한국에 올 이유가 전혀 없었다. 그때, 우범이 웃으며 입을 열었다.

"광고 때문에 온다고 했다."
"광고요?"

한겸은 순간 우범이 말하려는 것이 무엇인지 알아차렸다. 대만 광고 제작은 대만 분트와 얘기를 하고 있으니 오웬이 끼어들 이유가 없었다. 그렇다면 새로운 지역의 광고를 제안하려는 것이다.

한겸이 알아차린 표정으로 있자 우범은 김이 샜다는 듯 곧바로 입을 열었다.

"아마 분트의 모든 광고를 제안하려고 하는 것 같다. 이번 건이 성사되면 너희들이 갖는 부담감도 줄어들 수 있다."

"분트 모든 광고면 전 세계 광고를 말씀하시는 거예요?"

"확실히 대답을 듣진 못했다. 하지만 분위기상 그럴 거라고 예상된다."

"순차적으로요? 아니면 동시에요?"

"그건 모르겠다. 그래서 너희들을 오라고 한 거다."

이번만큼은 한겸도 우범의 의도를 알아차리지 못했다. 우범은 무척이나 진지한 표정으로 입을 열었다.

"우리 회사의 가장 큰 문제점은 기획 팀이 네 명뿐이라는 거다. 우리 정도의 광고를 진행하는 회사들의 규모만 보면 기획 팀이 최소 3팀은 있더군. 예비 인원까지 동원하면 많이는 8팀까지 구성할 수 있다고 들었다. 그리고 내가 처음에 너희들을 만났을 때 했던 말도 그랬고."

우범이 처음 대표로 왔을 때도 많은 기획 팀을 운영하겠다고 얘기했었다. 적재적소에 어울리는 사람들을 선택해서 팀을 만든다고 했다.

"그래서 아무래도 기획 팀 인원을 추가로 꾸리는 게 나을 것 같다. 인원은 일단 너무 많으면 적응하기 어려우니 너희와 같은 숫자인 4명씩 한 기수로 끊었으면 한다."

"이미 다 생각하고 계신 거예요?"

"내 생각에 직원들 의견을 보탰다. 무엇보다 너희들이 모든 일에 참여하다 보니 전혀 휴식이 없다는 것이 문제다."

그때, 아침에 마주쳤던 직원이 안쓰럽다는 듯 입을 열었다.

"지금도 네 분 다 무척 피곤해 보이세요."

팀원들은 민망함에 고개를 돌렸고, 한겸마저 멋쩍은 상황에 목뒤만 쓰다듬었다.

*　　　　*　　　　*

한겸은 어색한 미소를 짓는 것도 잠시, 우범의 말을 곰곰이 생각했다. 회사에 일이 많아지는 만큼 인원이 필요한 건 사실이었다. 회사가 점점 커지고 있다 보니 언제까지 하나의 기획 팀만으로 회사를 운영할 수는 없었다.

직원들이 많아졌고, 이제는 자신들만의 회사가 아니었다. 물론 지금처럼 운영을 할 수도 있겠지만, 그건 한겸이 바라는 것이 아니었다.

자신만이 아닌 다른 팀원들의 성장도 필요했다. 물론 지금 좋은 광고들을 만들고 있긴 하지만, 색이 보이는 자신의 눈 덕분이 컸다. 색이 보이지 않더라도 좋은 광고를 만들기 위해서는 많은 경험이 필요할 것이었다. 지금까지는 광고를 제작할 때 자신이 참여했지만, 이제는 다른 팀원들도 참여하며 경험을 늘리는 것이 중요했다.

'그러면 색이 보이는 광고를 만들 확률이 올라가겠지.'

한겸은 웃으며 팀원들을 가만히 쳐다봤다. 지금도 다들 민망한 표정으로 두리번거리며 빈 공간만 보고 있었다. 우선 팀원들의 민망함부터 풀어준 뒤 얘기를 하는 게 나을 것 같았다.

"저, 오해를 하신 거 같아요."
"무슨 오해?"
"저희가 피곤해하는 게 일을 해서 그런 게 아니거든요."

팀원들은 화들짝 놀랐다. 그러고는 고개 돌리는 소리가 들릴 정도로 빠르게 한겸을 봤다.

"왜 그렇게 쳐다봐. 필요해서 한 건데. 사실 어제부터 웹툰을 조금 봤거든요. 다들 새벽까지 봐서 저렇게 피곤해하는 거 같아요."

"너희들이 그렇게 한 이유가 있겠지."

"네. 승기라고 아시죠? 분마 캐릭터 그려서 저희한테 준 친구요."

"안다."

"저희가 예전에 웹툰을 그리게 되면 우리가 홍보를 해주겠다고 약속을 했거든요. 그래서 그걸 보다가 늦게 자서 다들 피곤해하는 거 같아요. 그래도 업무 보는 데에는 지장 없어요."

사무실 직원들은 저마다 피식거리며 웃더니 이해한다며 고개를 끄덕거렸다. 우범도 크게 다르지 않았다. 오히려 눈빛이 조금 더 편안해졌다.

"알고 있다. 벌써 웹툰 연재를 하는 건가?"

"그건 아니고 어떤지 봐달라고 보낸 거예요. 안 그래도 미리 말을 했어야 하는데 잘됐네요. 승기 일은 예산을 받지 못해요. 그래서 제가 사비로 감당할 테니 도움을 좀 주셨으면 좋겠어요."

홍보를 하기 위해서는 사무실 직원들의 도움이 필요해서 꺼낸 말이었다. 그러자 옆에 있던 팀원들이 어이없다는 표정으로 입을 열었다.

"왜 그걸 너 혼자 하냐? 아! 네가 주인공이라?"

"그래, 왜 혼자 해. 나도 같이해."

"김한겸 또 자기 혼자 멋있는 척하려고 그러네."

한겸은 팀원들을 보며 피식 웃었다. 말은 자기가 하겠다고 했지만 팀원들도 함께할 거라고 예상하고 한 말이었다. 그때, 우범이 고개를 저으며 말했다.

"우리가 분마 덕분에 얻은 게 얼마나 많은데 그걸 왜 네 사비로 감당하는 거지?"

"네? 분마 때 약속을 한 게 아니에요. 그 전에 홈페이지 맡아주면서 했던 약속이거든요. 회사가 꾸려지기 전에 약속을 한 거라서 그래요."

"그래. 인계를 제대로 하지 않은 게 못마땅하긴 하지만, 이제 내가 대표로 자리한 이상 내 일이기도 하다."

자신들만의 일이라고 생각했던 한겸은 사무실 직원들에게 피해가 갈 수 있다고 생각해 조심스러웠던 반면, 우범은 아예 회사 일로 처리해 버렸다. 사무실 직원들도 우범의 결정에 동의한다는 표정들이었다.

"어차피 우리는 월급 받고 일하는 건데 항상 의견도 물어봐주시고. 이래서 우리 회사가 참 좋은 거 같아요."

"그것도 그런데, 성공을 한 뒤에도 과거의 약속을 잊지 않고 지키려는 모습. 이거 꼭 전래동화 이런 거 같지 않아요?"
"김 프로님! 저희도 볼 수 있나요?"

한겸은 이해해 주는 직원들을 보며 웃은 뒤 입을 열었다.

"원작자한테 물어보고 허락하면 보여 드릴게요. 아마 홍보를 맡아준다고 하면 허락할 거예요."

한겸이 대놓고 말을 한 덕분에 팀원들도 어느새 편안해진 얼굴이었다. 그때, 우범이 웃으며 말했다.

"그럼 기획 팀이 더욱더 필요해지겠군. 분트의 광고와 함께 병행하게 될 수도 있으니까 말이다."

한겸은 팀원들을 본 뒤 웃으며 고개를 끄덕거렸다.

"대신 저희도 직원 뽑을 때 참여할 수 있게 해주세요."
"그건 당연하다. 광고 기획이라는 게 신선한 아이디어가 필요한 거라서, 꼭 광고를 배워야 하는 건 아니라고 들었다. 맞지?"
"그렇죠. 윤 프로님도 그렇고 보통 광고 회사들만 봐도 광고 전공을 안 하신 분들이 더 많으니까요. 그리고 부족한 부분은 사무실에서 채워주시잖아요."

"그래. 그래서 이력서는 아예 안 받고 실력과 인성만 볼 예정이다. 실력은 너희가 판단하고 인성은 우리가 판단하겠다. 너도 알다시피 각각 부서가 하나처럼 움직여야 하는데, 성격에 문제가 있는 것만큼 힘든 일이 없다. 우리 사무실 직원들만 봐도 인성만큼은 최고지. 윤 프로님만 봐도 경력은 크게 신경 쓰지 않아도 될 것 같다."

사무실 직원들은 저마다 어깨를 으쓱거렸다. 한겸은 이런 대화에서도 직원들의 사기를 끌어올리는 우범이 대단하다고 생각하며 웃었다.

"네, 그렇게 하시는 게 좋을 거 같아요."

"그럼 실무 면접은 C AD, 우리 회사에 대한 기획안을 제출하는 걸로 하는 건 어떨까 한다."

"우리 회사요?"

"우리 회사를 광고한다면 어떻게 광고할지, 그리고 그들이 보는 우리 회사가 어떤 이미지인지도 알 수 있을 것 같아서 C AD로 하는 게 어떨까 물어보는 거다."

"오, 좋은데요. 재밌겠네요."

그때, 갑자기 임 프로가 휴대폰을 들고선 자리에서 일어났다. 전화가 걸려왔는지 잠시 사무실 밖으로 나갔다. 다들 익숙한지 크게 신경을 쓰지 않았다.

"많은 사람이 볼 수 있으려면 여유를 조금 두고 받는 게 좋을 것 같다."

"네, 그렇죠. 어차피 이번 대만 광고는 저희끼리 제작해야 하니까 괜찮을 것 같아요."

그때, 밖으로 나갔던 임 프로가 급하게 문을 열고 들어왔다.

"대표님, HT 한국 본사에서 미팅 신청을 했습니다."

"무슨 일이죠?"

"광고에 대해서 얘기를 하고 싶다고 합니다."

"한국에서 광고는 HT에서 직접 하고 있는 걸로 아는데 그 광고를 맡긴다는 겁니까?"

"그건 모르겠고 일단 무작정 찾아오겠다고 합니다. 오늘 미팅했으면 한다고 해서, 제가 다시 연락 준다고 하고 끊었습니다."

우범은 고개를 갸웃거리고는 고개를 끄덕거렸다. 일단 만나 보고 들어본 뒤 판단하는 것이 우선이라고 생각했다. 그러자 임 프로가 다시 통화를 하러 밖으로 나갔다. 그 모습을 보던 한겸은 고개를 갸웃거렸다.

"겸쓰, 뭐 같냐?"

"그냥 단순한 한국 광고는 아니겠지?"

"왜? 우리한테 맡길 수도 있잖아."

"미팅을 급하게 잡은 걸 보면 무슨 문제가 있겠지. 그것도 우리하고 잡은 걸 보면 우리가 관련된 거."

"그럼 분마? 아니지. 분마로 엄청 성공하고 있는데 문제가 생기면 우리한테 바로 얘기하겠지. 뭐 같냐?"

"그건 나도 모르지."

대화를 듣던 사무실 직원 중 한 명이 입을 열었다.

"혹시 지금 인터넷에서 HT한테 뭐라고 하는 거 때문에 그런 거 아닐까요? 왜 한국에서는 박재진 씨가 직접 배달 오는 서비스 같은 거 안 하냐고 그러잖아요."

어제 종훈이 걱정했던 것이었다. 한겸이 생각하기에도 그 문제 말고는 현재 아무런 문제가 없었다.

"해결 못 할 정도로 반응이 심각한가?"

그 문제에 대해서 크게 걱정하지 않았던 한겸은 의아할 수밖에 없었다.

다들 웅성거리며 의견을 나누자 우범이 분위기를 정리하기 위해 입을 열었다.

"미팅 잡았으니 들어보면 되는 문제다. 그보다 어찌 됐든 HT가 우리에게 뭘 맡길 생각 같으니 인원 충원을 조금 더 서둘러야겠군. 회의는 여기에서 마치고 우리 팀은 곧바로 인원 충원할 수 있게 준비하지."

우범의 말대로 C AD에 필요한 일부터 하는 게 우선이었다.

*　　　*　　　*

오후가 되자 HT에서 사람들이 찾아왔고, 우범의 부름으로 한겸도 미팅에 참가했다. HT에서 미팅을 요청한 이유는 종훈과 사무실 직원이 말했던 것처럼 한국 서비스에 대한 문제였다. HT에서는 통신 회사답게 이용자들과 소통하며 빠르게 대응을 하기 위해 나섰다.

"갑자기 대만하고 경쟁한 것부터 예상을 벗어난 일이라서 이런 문제는 전혀 예상하지 못했거든요. 대만하고 경쟁만 안 했으면 이번 일도 그냥 나라마다 다른 서비스라고 생각할 수 있었을 거고요. 그리고 기부가 주된 목적이라서 크게 문제 삼지 않았을 텐데 지금은 그렇지 못하게 됐습니다."

양국에 벌어진 경쟁으로 엄청난 수의 이용자를 얻었지만, 그로 인해 문제도 생겼다. 한국 HT에서 나온 사람들은 그 부분에 대한 설명을 시작으로 자신들이 구상해 온 기획을 꺼내놓았다.

"아무래도 대만하고 서비스를 똑같이 하면 안 될 거 같거든요. 이미 구매자 수가 엄청난데 앞서 구매했던 사람들이 또 항의를 할 게 확실합니다. 그래서 앞서 구매했던 이용자들과 앞으로 구매할 이용자들이 모두 만족할 만한 기획이 필요합니다."

"광고 제작이 아니군요."

"광고 제작입니다. 저희는 분마 같은 캐릭터 기획을 원합니다. 스토리가 있는 캐릭터를 제작해서 HT 플리 마켓 전담 캐릭터로 사용했으면 하거든요. 그래서 기존의 구매자들까지 아우를 수 있는 그런 스토리가 필요한 거죠. 분마처럼요."

한겸은 자신도 모르게 피식 웃었다. HT는 아마 지금의 문제만 해결하는 것이 아니라 앞으로도 계속해서 사용할 수 있는 캐릭터를 원하는 것 같았다. HT 입장에서는 언제까지나 분마를 이용할 수 없으니 당연한 것이었지만, 분마를 제작한 한겸 입장에서는 분마와 비등하거나 혹은 이길 만한 캐릭터를 만들어달라는 요구에 웃음이 나왔다. 하지만 한편으로는 궁금하기도 했다.

'분마 같은 캐릭터를 또 만들 수 있을까?'

분마의 경우도 이렇게까지 큰 성공을 거둘 거라고 예상한 것은 아니었다. 기업의 불만족스러운 서비스에 지친 소비자들의 욕구에 맞아떨어진 시대 반영 광고였다. 그러다 보니 확실한 답을 내놓을 수가 없었다. 그렇다고 오래 생각할 수 있는 것도 아니었다. 그랬다면 HT에서 이렇게 급하게 찾아오진 않을 것이다.

게다가 지금 맡고 있는 대만 분트의 광고도 있었고, 승기의 웹툰 홍보까지 해야 되는 상황이다 보니 여러모로 힘든 일이었다.

그렇다고 대충 만들고 싶은 생각은 없었기에 한겸은 우범을 보며 고개를 저었다. 그러자 우범도 이미 예상했다는 듯 가볍게 고개를 끄덕거렸다.

"좋은 기회를 주신 건 감사하지만 지금 현재 진행 중인 일이 있어서 힘들 것 같습니다."

"네? 저희 HT에서는 거의 함께하는 걸로 알고 있었는데……."

"물론 HT와 함께한다면 저희도 좋습니다. 하지만 그보다 먼저 진행하고 있는 일이 우선입니다."

HT에서 나온 사람들은 자신들의 예상과 벗어난 답변을 들어서인지 무척이나 당황해했다. 그때, 한겸의 휴대폰에 메시지가 도착했다는 알림이 들렸다. 한겸은 잠시 양해를 구한 뒤 메시지를 살폈다.

[형, 제 만화 다 보셨는지 해서 연락했어요.]

한겸은 나중에 답변을 보낼 생각으로 휴대폰을 집어넣으려 했다. 그러던 한겸이 갑자기 HT 직원을 급하게 쳐다보더니 입을 열었다.

“하루만 시간을 주세요. 그리고 가능한지 답변해 드릴게요.”

*　　　　*　　　　*

사무실로 올라온 한겸은 승기가 보낸 만화를 보던 중이었다.

“겸쓰, 대만 분트 기획안 다 작성했어. 한번 봐봐.”
“어, 고생했어.”
“뭐 하는데 그렇게 정신이… 어쭈? 야, 방수정! 겸쓰 업무 시간 중에 만화 본다! 빨리 혼내!”
“그런 거 아니야.”
“뭘 그런 게 아니야. 우리한테 기획안 작성하라고 그래서 난 또 HT하고 미팅에서 한 거 구상하는 줄 알았네!”
“캐릭터 구상이라니까.”

팀원들도 HT와의 미팅에 대해서 전해 들은 상태였다. 그럼에도 한겸이 하는 행동이 이해가 되지 않았다. 어느새 한겸의 옆으로 다가온 팀원들은 설명하라는 듯이 한겸을 쳐다봤다. 특히 종훈은 걱정이 된다는 표정이었다.

“어떤 캐릭터 쓰려고? 승기 웹툰 배경이 아포칼립스인데 거기에서 얻을 게 있을까?”

"얻을 게 있나 해서 보는 중이에요."
"그건 좀 아닌 거 같은데……."
"진짜 쓸 캐릭터가 있나 해서 보는 거예요."
"그러니까 그게 조금 아닌 거 같다고. 차라리 승기한테 새로운 캐릭터를 보내달라고 하는 게 낫지 않을까? 이 만화에서 캐릭터를 뽑아다 쓰면 만화에 캐릭터 하나가 사라질 수밖에 없잖아. 그럼 수정도 수정인데 승기가 생각한 스토리가 무너지지 않을까 걱정이 돼서."

종훈의 말을 이해한 수정도 곧바로 입을 열었다.

"이번 건 아닌 거 같은데. 우리가 성공하는 것도 중요하지만 승기 만화에서 고를 필요는 없잖아. 만약에 그런 거라면 난 진짜 반대야. 설마 오늘 승기 부른 것도 캐릭터 팔라고 부른 거야?"

모니터를 보고 있던 한겸은 그제야 시선을 옮기고는, 약간 실망한 표정으로 팀원들을 주욱 쳐다봤다.

"다들 날 뭘로 보는 거야. 그런 거 아니야."
"말을 해야지 알지."
"확실하지가 않아서 그래."
"확실하지 않아도 얘기를 해줘!"

한겸은 한숨을 뱉고는 입을 열었다.

“만약에 승기가 그린 만화 캐릭터 중에 어울리는 캐릭터나 설정이 있으면 그걸 HT에 추천할 거야. 이번에는 HT에 아예 넘기는 조건이 아니라 2차 저작물로 계약을 하는 거지. 마음 같아서는 파이온이나 초콜릿에 추천하고 싶지만 뭐 HT도 HT북스로 나름 인지도가 있더라고. 거기하고 계약을 하고 진행하면 어떨까 해서 부른 거야. 그래야지 승기가 계속해서 만화를 그릴 수가 있으니까.”

“야, 그게 말이야, 방구야. HT에서 퍽이나 그런 계약을 하겠다.”

“HT에도 도움이 되는데 하겠지. 이미 HT북스라는 플랫폼이 있잖아. 그 플랫폼도 독점 작품을 걸기 위해 경쟁이 치열하다고 그랬어. 그런데 만약에 자기네 플랫폼에서 독점으로 제공하는 하나의 웹툰 중 캐릭터를 선택해서 플리 마켓 전담 캐릭터로 쓴다면 어떨까?”

“오, 그럼 플리 마켓 홍보하면서 자연스럽게 웹툰 플랫폼 홍보까지 되겠네.”

“그렇지. 그리고 웹툰 작가들에게도 조금 더 호응을 얻을 수 있을 거고. 그렇게 진행하려면 일단 어울리는 캐릭터를 찾는 게 우선이야.”

한겸의 말을 들은 팀원들은 그제야 이해를 했는지 놀랍다는 듯한 표정을 지었다.

"오해 안 하게 미리 말을 하지. 난 회의에서 밝혔다고, 대놓고 만화 보는 줄 알았잖아."

"그렇게 생각해."

"삐졌어? 에이, 계획대로 사는 겸쓰가 왜 삐졌을까? 설마 삐진 것도 계획이야?"

"시끄러워. 지금 캐릭터 찾는 것도 바빠. 다들 기획안 다 작성했으면 어울리는 캐릭터나 찾아봐."

한겸을 보며 실실 웃던 범찬이 갑자기 고개를 갸웃거렸다.

"어? 그럼 꼭 승기 만화일 필요는 없잖아. 이미 엄청 인기 있는 걸로 만드는 게 더 낫지 않아?"

"그럴 수도 있고. 하지만 인기 있는 만화 캐릭터를 쓰면 신선함을 잃을 수 있지."

"대신 그만큼 친숙해서 만화 본 사람들을 끌어들일 수 있는데?"

"그럴 수도 있고. 그리고 사람들이 이미 자기들이 상상한 이미지가 있는데 그걸 벗어나는 순간 문제가 될 수도 있고. 만약 다른 만화에서 캐릭터를 찾으면 기획안만 알려주고 우리는 광고 안 맡을 거야."

"왜?"

"맡을 이유가 없지. 지금 내가 이거 하려는 이유도 만약에 내가 말한 대로 된다면 승기 만화 HT북스에 독점 연재할 수 있을 거잖아. 승기가 파이온이나 초콜릿에 연재하는 게 꿈이라고 했는데 HT북스가 그보단 못하더라도 홍보가 제대로 된다면 만족할 거 같거든. 난 그 꿈을 이뤄주려고 하는 거고. 우리가 기획을 잘 짜면 그게 가능할 거 같아서 찾아보고 있는 거야."

"오… 의리남. 내 꿈 알지? 한강 보이는 아파트?"

"좀 닥쳐."

한겸은 귀찮다는 듯 손을 저어 범찬을 떨쳐냈다. 그러고는 다시 만화를 보기 시작했다. 갑자기 든 생각이었기에 가능 여부는 알 수 없었다.

하지만 HT에서 사용할 수밖에 없는 기획을 짠다면 성공할 확률은 있다고 생각했다.

한겸이 한참이나 만화를 보며 캐릭터에 대한 생각을 할 때 승기에게서 메시지가 도착했다.

[형, 저 회사 앞에 도착했어요.]

[1층 커피숍에 들어가 있어. 지금 바로 내려갈게.]

[커피숍 점포 정리 한다고 문 닫혀 있는데요. 앞에서 기다릴게요. 천천히 오세요.]

"우리 회사 옆 1층 커피숍 문 닫았어?"

"몰라."

"이상하네. 승기 사무실로 데려와도 괜찮지? 지금 도착했대."

승기의 의견도 들어봐야 했기에 약속을 잡은 것이었다. 팀원들에게 동의를 구한 한겸은 곧바로 1층으로 내려갔다. 그러자 회사 건물을 구경하는 승기가 보였다.

"승기야."

"한겸이 형, 안녕하셨어요!"

"그래. 커피숍 문 닫은 줄도 몰랐네. 형네 회사 올라가서 얘기해도 괜찮지?"

"그럼요! 형들 일하시는 곳 궁금했어요."

한겸은 웃으며 승기를 데리고 회사 안으로 들어갔다. 그때, 사무실에 있던 우범과 눈이 마주쳤다.

미리 얘기를 한 상태였기에 우범은 인사를 하려는지 곧바로 사무실을 나왔다.

"인사드려. 대표님이셔."

"저번에 뵀어요. 안녕하세요."

"오랜만에 뵙는군요, 백 작가님."

"작가님이요……?"

승기는 어색한 호칭에 헛기침까지 해가며 한겸을 봤다. 한겸은 어색하게 웃으며 입을 열었다.

"대표님도 너 웹툰 그리는 거 아시거든."

"아… 그래도 아직 정식 연재 하는 것도 아닌데 작가는 좀……"

"미리 들어두는 것도 좋지. 대표님, 지금 승기 만날 거라서 이따가 말씀드릴게요."

우범은 웃으며 고개를 끄덕거렸고, 한겸은 승기를 데리고 사무실로 올라갔다. 사무실 문을 열자 팀원들이 다들 승기를 반겼다.

"승기 어서 와. 오랜만이네. 살 좀 붙은 거 보면 요즘 좋은가 보네."

"백 작가! 왜 성이 백 씨야. 공 씨면 얼마나 좋아. 그럼 공작인데."

"최범찬 또 이상한 소리 하고 있네. 이리 와서 앉아."

승기는 자신을 반겨주는 모습이 좋은지 활짝 웃으며 안으로 들어갔다. 한겸은 그런 승기를 보고선 웃으며 말했다.

"예전하고 똑같지?"

"완전 다른데요. 예전에는 조금 어수선한 분위기였는데 지금은 진짜 회사 같아요."

"하하, 회사 말고 우리 팀 말이야."

"아, 형들이랑 누나요? 네, 똑같아요. 형은 조금 달라진 거 같아요."

"내가?"
"네, 사실 형이 홍보에 대해서 얘기한다고 연락하셨을 때 약간 망설여졌거든요."
"응? 왜?"
"또 승기 씨라고 그러면 어떻게 하나 해서요. 어색해질 거 같고 그래서."

승기의 말을 들은 팀원들은 소리까지 내가며 웃었고, 한겸은 승기를 보며 피식 웃었다.

"이렇게 될 줄 알았으면 말을 놓지 말 걸 그랬네."
"아니에요!"
"농담이야. 일단 만나자고 한 이유부터 얘기하자. 그러고 밥 먹으러 가면 되겠다."

한겸은 승기의 만화 중 캐릭터만 나온 부분을 프린트해 가져왔다.

"만화는 진짜 재미있더라."
"진짜요?"
"응, 원래 만화는 그렇게 잘 안 보는데 네 건 재밌더라고. 그런데 제목 약자가 C A D인 건 의도한 거야?"
"어… 아셨어요? 그냥 형 누나들같이 일하면 재미있을 거 같아서요."

한겸은 피식 웃고는 입을 열었다.

"아무튼 널 보자고 한 건 네 만화에 나오는 캐릭터를 HT 플리 마켓 캐릭터로 사용해도 되는지 물으려고 부른 거야. 아예 팔라는 건 아니고 2차 저작물로 하게 만들 거야."

"네? 웹툰이 아니라 HT 플리 마켓이요……?"

"응. 그렇게 되면 웹툰도 HT북스에 자연스럽게 올라갈 거야. 그리고 플리 마켓에서 본 캐릭터와 스토리를 보고 웹툰을 보러 오겠지? 힘들게 그렸으니까 많은 사람들이 봐주는 게 좋을 거 같은데."

"그렇긴 한데요. 제 만화로 그게 될까요?"

"안 될 거 같으면 애초에 시작도 안 했어. 아직 어울리는 캐릭터를 찾지 못했지만, 우리가 생각한 홍보는 그래."

"너무 과분한 거 같은데요……."

한겸은 승기가 귀엽다는 듯 미소 지었다.

"그래서 그런데, 혹시 남아 있는 캐릭터가 있을까? 전부 다 봤으면 해서."

"주인공은 네 명이 끝이에요. 염귀한, 안차범, 안나종, 정수연이 한 팀으로 주인공이고 나머지는 다 조연이에요."

"응, 넷 중에서 한 명을 택해야 할 것 같긴 한데 그래도 혹시나 해서 말이야. 완결까지 구상한 스토리라도 있으면 좀 봤으면 해."
"그건 아직 없는데."
"구상한 건 있을 거 아니야. 세계가 멸망하거나 그렇진 않지?"
"네, 염귀한이 세상을 구하고 다시 예전으로 돌아가서……."

그때 범찬이 손가락질을 하며 승기의 입을 막았다.

"어디서 스포를! 아무리 작가라도 스포해도 돼?"

한겸은 어이가 없다는 듯 범찬을 쳐다봤다. 그러자 범찬이 한겸을 훑어보더니 입을 열었다.

"너 겸쓰 너무 챙기는 거 아니냐? 주인공도 한겸이 모티브 삼아서 그리더니 한겸이만 살리고 다 죽이는 거야?"
"다 살아요."
"그래? 그럼 어디 한번 들어볼까? 그런데 이름이 염귀한이 뭐야. 이름부터 너무 세 보여."
"어, 그건 모르셨구나."
"뭘 몰라?"
"아니에요."

승기는 피식 웃었고, 그 모습을 본 한겸은 고개를 갸웃거렸다.

승기가 웃은 부분이 이름이다 보니 한겸은 주인공들의 이름을 가만히 살폈다. 그러고는 곧바로 알아차렸는지 인상을 찡그리며 승기의 목에 팔을 걸었다.

"아무한테도 말하지 마. 말하면 죽일 거야."

"하하하하, 알았어요. 말 안 할게요."

한겸이 평소에 하지 않는 짓을 한 덕분인지 다들 궁금해하며 쳐다봤다. 그러자 한겸이 아니라는 듯 급하게 말을 돌렸다.

"뭔데. 우리도 알려줘! 왜 너희 둘만 알고 웃냐."

"맞아, 같이 웃자."

"됐고, 일단 플리 마켓부터 보면서 설명할게."

한겸은 질문을 아예 차단하고는 곧바로 휴대폰을 꺼냈다. 그러고는 HT의 플리 마켓 페이지를 켰다.

"여기 한국 분마 보이지? 우리가 캐릭터를 찾게 되면 여기에 자리하게 될 거야."

"와… 진짜요?"

"어. 확실치는 않지만 이렇게 될 수 있다고 알려주는 거야. 이거 해본 적 있어?"

"네, 팔 게 없어서 아직 기부는 안 해봤는데 자주 보긴 해요. 물건이 진짜 많거든요."

한겸도 웃으며 페이지를 봤다. 그런데 얼마나 후원 품목을 많이 받았는지 얼마 전에 봤을 때보다 품목이 비교하기도 힘들 정도로 늘어나 있었다. 규모가 나날이 커지고 있었다. 예전에는 디자인 변경을 해서 후원한 기업이 2개뿐이었는데 이제는 한 페이지를 따로 가득 채울 정도로 많았다. 그만큼 효과가 크다는 얘기였다. 승기는 그런 플리 마켓에 자신의 캐릭터가 올라간다는 소리에 상당히 들떠 있었다.

그때, 옆에 있던 범찬이 갑자기 고개를 내밀었다.

"승기야, 형이 포인트 있는데 좀 사줄까?"
"네가 무슨 포인트가 있어."
"나 말고. 종훈이 형 이것저것 기부해서 포인트 많거든? 겸쓰넌 빠지고, 승기 뭐 사줄까? 라면 좋아해? 형, 라면 담아요. 라면엔 또 김치지. 형 김치도!"

종훈은 아예 들은 척도 하지 않고 고개를 돌리고 있었다. 그러자 범찬이 답답하다는 듯 입을 열었다.

"그래야 겸쓰가 뭘 말하지 말라는 건지 알려달라고 그러죠! 분명히 치명적인 뭔가가 있단 말이에요."

정작 종훈은 신경 쓰지 않았고, 오히려 한겸이 범찬이 앞서 말한 내용을 되새겼다.

“라면에 김치. 오…….”

『눈으로 보는 광고 천재』 8권에 계속…